さよならミイラ男

福田隆浩
Takahiro Fukuda

講談社

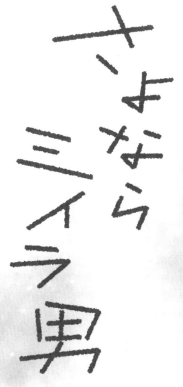

さよならミイラ男

装画
たけもとあかる

装丁
長崎 綾 next door design

1

夜ふけに地震《じしん》があった。

そのゆれは、ぼくをねむりの底からあっさりと引きずりだし、暗い部屋のなかに置き去りにした。

けれど実際《じっさい》はなんてことのない地震だった。目をあけたときにはもうおさまっていたし、あたりは静まりかえっていた。きっとおんぼろアパートのはしっこの部屋だから、よけいにゆれを感じたのだろう。

布団《ふとん》から顔だけをだし、あたりの気配をうかがった。

かべの向こうからは、水音もテレビの音も、ゆかがきしむ音も聞こえない。ただ遠くから、街を走る車の音がとぎれとぎれにひびいてくるだけだった。

部屋にいるのはぼくひとりだけ。母さんは今夜もまだ帰ってきていない。

急に寒さを感じた。もう十二月だったし、冷たい空気があたりまえのように部屋のなかをおおっている。

あきらめたように息をはき、ぎゅっと目を閉《と》じた。ねむらなきゃと思った。そうしないとまた起きられなくなってしまう。

寝返《ねがえ》りをうつたびにパイプベッドがぎしぎしときしんだ。耳をふさぎたくなるようないやな音だった。でもそんなことはどうでもいい。なにも考えないようにしなきゃと思った。毛布をまきつけ、体をくの字にまげた。そしてぼくは、少しずつ少しずつ、またねむりに落ちていった。


アキト、アキト……。

だれかがぼくの名前を呼《よ》んでいた。さっきからくり返しぼくのことを呼んでいる。

アキト……。

やっぱりぼくの名前だ。いったいだれなんだろうと思った。ぼくなんかにいったいなんの用があるのだろう……。

ちがう。これは声なんかじゃない。音楽だ。だって、聞き覚えのあるメロディだったから。そうだ、これは着信音だ。母さんのスマホの着信音だ……。

ぼんやりとした頭のおくでようやくそのことに気づいたとき、ぼくははっと目を覚ました。うすいカーテンごしに、部屋のなかに光がさしこんでいた。

まくら元の時計は十時を過《す》ぎている。つまりぼくは、また今日も寝過ごしてしまっていた。

ふらつきながら立ちあがり、ふすま戸をあけた。そこは台所になっていて、テーブルの上の赤いスマホが、今もふるえながら着信音をひびかせていた。

スマホの液晶《えきしょう》画面に近づいた。やっぱりだった。ぼくが通う小学校の名前が見えた。つまり、こんな時間になっても登校してこないぼくのことを心配して、六年二組の小川順平《おがわじゅんぺい》先生がかけてきているのだろう。

だって、母さんのこのスマホはうちのゆいいつの連絡先《れんらくさき》だったから。

電話にでて、なにか話した方がいいのかな……それとも……。

立ったまま迷《まよ》っていると、着信音はとつぜんぷつんと切れ、あたりはあっというまに静かになった。

どうしよう……。

今から学校にいっても、授業《じゅぎょう》はとうに始まっている。みんなは遅《おく》れてやってきたぼくにあきれかえることだろう。

それなら、このまま家にいた方がいいのかもしれない。もうなんどもそうしてきたし、それをまたくり返すだけのことだから。

もう一度、赤いスマホを見た。

スマホがここにあるということは、母さんは帰ってきているということだった。急におなかがすいてきた。もしかしたら、なにか朝ご飯を買ってきてくれているかもしれない。

ぼくは母さんの部屋のふすま戸をあけた。

とたん、こもっていた香水《こうすい》とたばこのにおい、それにお酒のにおいが鼻をついた。母さんは、ぐちゃぐちゃになった布団の上で体をねじるようにしてねむっていた。いつものようにたぶん明け方に帰ってきたのだろう。

「ねえ……。」

呼びかけようとして声をのみこんだ。せまいその部屋にいたのは母さんだけじゃなかった。知らない男が母さんのすぐ横でだらしなくねむっていた。

母さんが男を連れてくるのははじめてのことじゃない。今までにもなんどかあったし、名前も知らないやつがしばらく家に居座《いすわ》ったこともあった。

だからぼくはもう気にしないようにしていた。そんなことはどうでもいいと思うようにしていた。

起こさないようにふすま戸を閉《し》めた。いびきと寝息はずっと聞こえていたし、母さんとそいつは当分ねむったままなのだろう。

どうしよう……。

このまま家にいると、ぼくは目を覚ましたふたりと顔を合わせることになる。

気にしなければいいのかもしれない。でも、母さんはあの男のそばにずっといるだろうし、そしたらぼくはいつも以上にばかみたいにカラ元気をだして、おかしくもないのに笑わなくちゃいけなくなる。

それはやっぱりいやだった。

じゃあ学校にいこうと思った。だって今のぼくには、もうあそこしか行き場所がなかったから。

2

冷蔵庫《れいぞうこ》のなかにチーズが何枚《なんまい》か残っていたので、それを食べて水を飲んだ。

母さんはどこかに食べ物を買ってきているかもしれなかったけど、さがす時間がなかった。急いで着がえて、時間割《じかんわり》が見つからなかったので、ランドセルに適当《てきとう》に教科書とノートをつっこんで外にでた。

目と口のまわりを歩きながらごしごし手でこすった。鏡も見なかったし、きっとぼくのかみはぐちゃぐちゃなんだろう。

アパートは商店街のずっとおくにあったから、ぼくはくねくねした細い路地をぬけ、通学路へとようやくでた。

小学校は長い坂道の先にある。ぼくはジャンパーの胸元《むなもと》をおさえながら、海風がふきつける石だたみの道をのぼっていった。

坂の上にある校舎《こうしゃ》は大きくてがんじょうそうなかたちをしている。けれど、かなり昔にできた古い建物で、かべのあちこちに黒ずんだよごれがこびりついたり小さなひびが入ったりしている。ただ、中央の窓《まど》には白い鉄の柱がななめについていて、そこだけが光って見えた。

校門をぬけ、昇降口《しょうこうぐち》で上ばきシューズにはきかえた。

ざわざわとした話し声があちこちの教室から聞こえている。目を細めてかべの時計を見た。もう十一時半だった。ということは四時間目の授業《じゅぎょう》はもう始まっている。

見つからないよう、ぼくはあたりをきょろきょろしながら教室へと向かった。たまたま運がよかったのか、だれともすれちがうことはなかった。

この前、遅刻《ちこく》したときはたいへんだった。ばったり教頭先生と顔を合わせてしまって、「いまごろ、なにしてるんですか?」とさんざんしかられてしまった。もちろん悪いのはぼくだったけど、教室の窓から顔をだして見ている子たちもいて、あれはかなり情《なさ》けなかった。

教室は二階のはしっこだった。

階段《かいだん》をのぼり、入り口のすぐそばまでいくとみんなの笑い声がドアごしに聞こえてきた。楽しそうだった。きっと小川先生が面白《おもしろ》い冗談《じょうだん》でもいったのだろう。小川先生は若《わか》くて熱心な先生だったし、いつだって人気があった。

ぼくがこのまま教室に入っていったら、どうなるのだろうと思った。あの笑い声はぴたりととまってしまって、先生は苦り切った顔で肩《かた》をすくめるだろう。

やっぱり、今は教室に入らない方がいい。やめた方がいい。どちらにしても遅刻は遅刻なんだし、急いでも仕方がない。どうせなら教室にいくのは授業が終わってからにしようと思った。

今やっている授業が終わったら、すぐに給食の準備《じゅんび》が始まる。それなら、ぼくが教室に入ってもそんなに目立たなくてすむはずだった。

音をたてないように教室の前からはなれた。じゃあどこかで時間をつぶさなきゃいけない。このままここにいたらまちがいなくだれかに見つかってしまう。また教頭先生がやってきたら、それはもう最悪だ。

でもどこにいけばいいんだろう。

だれもいない場所。たったひとりで過《す》ごせる場所。みんなに見つからない場所……。

体育館はいつだってどこかのクラスが使っているし、図書室はこの時間はかぎがかかっている。保健室《ほけんしつ》の先生はいつも優《やさ》しかったけど、「担任《たんにん》の先生には、いってきたの？」とたずねてくる。いいえといったら、職員室《しょくいんしつ》のだれかにこっそり電話をかけようとするだろう。

ふいに頭にうかんだ。ああそうだと思った。三階の一番おくに空き教室があったはずだ。

教材室という名前がついていたけど、どちらかというと倉庫みたいなところだった。通級指導《しどう》教室の机《つくえ》をそこから運んだこともあったし、先生といっしょにいらなくなった掃除《そうじ》用具をもっていったこともあった。

昔、この学校は大勢《おおぜい》の子どもたちが集まる大規模校《だいきぼこう》だった。全校集会で校長先生がよく話していたから知っている。

でも今はちがう。子どもたちの数はどんどん減《へ》っていって、反対に使わない教室がふえていった。だから使う教室のほとんどが一階と二階に集まり、あまり使わない教室は三階にかたまったらしい。

いってみようと思った。あそこならだれとも会わずに過ごせるにちがいなかった。

そのまま三階へと階段をあがり、廊下《ろうか》をおくへおくへと進んだ。ちょうど日がかげっていたからかもしれない。冷えた空気が足もとを流れ、おくにいくほど寒さを感じた。どこからかぎぎっという物音がしたけど、どうやら下の階からひびいているみたいだった。

教材室は非常口《ひじょうぐち》の近くにあった。

手前の入り口は、はりつけられたベニヤ板でふさがれている。だから、なかに入るには後ろのとびらを使うようになっていた。

とびらは引き戸になっていて、今はすきまなく閉《し》まっている。ぼくは取っ手に指をかけ、ぐいと引きあけようとした。

けれどすぐに舌打《したう》ちをした。

「なんだよ、もー……。」

いくら力をこめても、その引き戸は動こうとしなかった。

ああ、どうしてぼくはこんなにばかなんだろう。そうだよ。このくらいのこと、少し考えればわかりそうなことなのに……。

子どもたちが勝手に入らないようにかぎをかける。それは図書室や理科室に限《かぎ》ったことじゃない。この教室だってちゃんとかぎがかかっていて、そしてそのかぎは職員室のボックスにしまいこまれているにちがいなかった。

それでもぼくは、引き戸を力ずくでゆさぶっていた。

こんなことをしてもどうしようもないということはわかっていた。けれど、そうすることくらいしか、そのときのぼくには思いうかばなかった。

「えっ？」思わず声をもらした。

指先に不思議な感触《かんしょく》がはしった。そして次の瞬間《しゅんかん》、引き戸はきしんだ音をたてながらするりとひらいた。

古いとびらだったので、かぎがこわれてしまったのかもしれない。それとも、最初からかぎなんか、かかっていなかったのだろうか。

急いで教材室に入ったぼくは、後ろ手で引き戸を閉めた。

一瞬だったけど、なかにだれかがいるような気がした。でも、そんなことあるはずがない。厚《あつ》いカーテンがひかれている部屋は思っていた以上にうす暗かったし、それにひどくほこりっぽかった。

部屋のいたるところに、いらなくなった机やいす、使わなくなったいろんなものが積み上げられている。さびかけたストーブや古いパソコンもあったし、教材室を横に区切るように置かれている大きな本だなには、古い教科書や雑誌《ざっし》がつめこまれていた。

ランドセルを足もとに置くと、ぼくは本だなの向こうがわへと回りこんだ。おくのかべには取り外された古い黒板が立てかけられている。ずっと以前、ここで使われていたものなのだろう。こげたような、なんだか変なにおいがした。

段ボール箱があちこちに置いてある。なかになにが入っているのかはわからなかったけど、ちょうどいいかもと思った。

ぼくは箱と箱のあいだに体をおしこみ、そのまま座《すわ》りこんだ。古いゆか板にはごみがたまっていたけど、そんなのはどうでもよかった。

あたりはさらにうす暗くて、そして冷え冷えとしていた。

ひざを両手でかかえ、目を閉《と》じた。ねむりこけていた母さんの横顔がうかんだ。見知らぬ男のだらしない姿《すがた》も頭をよぎったけど、いつものように思いださないようにした。考えないようにした。

しだいしだいに頭のなかがぼんやりとしてきた。

「ねむい……。」

つぶやいたひとりごとが、しんとした部屋のなかにはね返って聞こえた。白いもやがあたりをおおっているような気がした。自分がどこか深い穴《あな》の底に落ちていっているみたいに感じた。

かすれたような音が聞こえたのはそのときだった。閉じかけていたまぶたをぼくはあわててひらいた。

その音はだれかの息づかいのようだった。低いざらざらした息づかい……。けれどそんなわけがなかった。だって、ここにいるのはぼくだけのはずだから……。

また聞こえた。とぎれとぎれだったけど、やっぱりだれかが息をはき、そしてすいこんでいる。

だれかいるのかもと思った。ぼく以外のだれかがこの場所に……。

背中《せなか》がどうしようもなくぞくぞくした。もう目を閉じることなんかできなかった。息づかいのする方に視線《しせん》を向け、暗がりにぼんやりとかすむ焦点《しょうてん》をなんとか合わせようとした。そしてぼくは、ようやくそいつの姿を見つけた。

悲鳴をあげたつもりだった。

けれど実際《じっさい》には、おそろしさにのどのおくは固くひきつり、小さなさけび声さえもだせなかった。

ぼくがいる場所のななめ前、立てかけてある古い黒板を背にしながらそいつはいた。

両足を投げだし、よりかかるようにしてそいつは座っていた。さっき見たとき、そこにはだれもいなかったはずなのに……。

黒ずんだ緑色をした半裸《はんら》の人物だった。人物……。いや、そうじゃない。ぼくが今見ているのは人間なんかじゃないのかもしれない。

むきだしの皮膚《ひふ》はぼろぼろにかんそうし、しかもあちこちがひび割《わ》れているように見える。それに、ひどくやせこけた体には骨《ほね》のかたちと針金《はりがね》のような筋肉《きんにく》のすじがうきだしていて、ぞくりとするくらいに気味が悪かった。

ミイラ男。その言葉があたりまえのように頭にうかんだ。

包帯をぐるぐるまきにしたやつじゃない。そうじゃないほうのミイラだ。外国の高地で発見されたというミイラの姿を以前ぼくはニュースで見たことがある。

やっぱり作り物かなにかだと思った。だれかが悪ふざけに人形をこしらえ、わざわざここに運びこんだのかもしれない。

けれどちがった。人形なんかじゃなかった。そいつはぼくの目の前で息をはいたかと思うと、大きく体をゆらした。

ごつごつした胸と肩を左右にふり、次の瞬間には落ちくぼんだまぶたを見開いた。つりあがった目がぼくをじっと見ている。

もうだめだった。それ以上そこにいることはできなかった。

「わー！」

ぼくはようやくはきだすように声をあげた。そして、よごれたゆか板の上をはうようにして出口へと向かった。

置いていたランドセルをいつ拾いあげたのか、あのとびらをどうやってあけたのか、自分でもまったく覚えていない。

気づいたときには、廊下を死にものぐるいで走り、階段をかけおりていた。

あいつが、あのミイラ男がすぐ後ろから追いかけてきているような気がした。

ぼくを引きたおそうと、あのすじばった手をぐいとのばしているように思えた。恐怖《きょうふ》にふり返ることができなかった。

おびえきったぼくは、そのまま二階の教室にかけこんだ。六年二組。そこはぼくの教室だった。

3

みんなの冷たい視線《しせん》がつきささった。

授業中《じゅぎょうちゅう》にいきなり教室にとびこんできたのだから、そうなるのはあたりまえだった。急にあらわれたぼくに、黒板前の小川先生もあっけにとられている。ただ、すぐにいつもの冷静さを取りもどし、「三橋《みはし》さん、はやく席につきなさい。」と、短くまるでなにごともなかったかのようにいった。

ぼくは、教室の後ろでばかみたいに立ちつくしたままだった。

「はやく座《すわ》りなさい。」

そうもう一度いわれて、ようやくわれに返った。うなずくとすぐに自分の席に座った。

「なんだよ、あいつ。」

だれかが不満そうな声をあげた。「あーあ。」というからかうような声もした。それはいつものことだった。

机《つくえ》の上には配られたプリントが置いてある。算数と漢字のプリントだったけど、半分に折って、机のなかにおしこんだ。

ぼくはもうずっと前から、学校の勉強についていけなくなっていた。くり上がりもくり下がりも上手にできなかったし、かけ算九九もまだ覚えきれないままでいる。漢字は二年生でつまずいていたし、長い文章になると満足に読めない。つまりぼくは、みごとなくらいの落ちこぼれだった。

どうしてみんなと同じことができないんだろう。小さいころは、そうなんども思った。でも今はもうあきらめることにしていた。無理なものは無理だってことが、はっきりとわかってしまったから。

男子の何人かが、先生の目をぬすむようにしてぼくをふり返っている。低学年からの顔見知りだったけど、ぼくとは相性《あいしょう》の悪い連中だった。

六年生になってからは回数は減《へ》ったけど、今でもすきを見てはいやがらせをしようとしてくる。ぼくがうろたえるのが、面白《おもしろ》くてしょうがないらしい。

でももう慣《な》れっこだった。つまりこれがぼくにとっての日常《にちじょう》で、ごまかすことのできない現実《げんじつ》というやつだったから。

その子たちに見つからないようにゆっくりと息をはいた。もうぼくのなかに、あわてふためいて教材室をとびだしたあのおどろきなんかはなかった。あれだけさわいでいたというのに、そんな気持ちはなくなっていた。教材室で見たもの。あんなの、全部まちがいのにせものに決まっている。ぼくは半分ねぼけていて、そのせいであんなわけのわからない夢《ゆめ》を見てしまったのだろう。

チャイムがなりひびき、四時間目の授業がようやく終わった。教室のなかはあっというまにさわがしくなった。

小川先生が教室をでていくとき、ぼくの方をちらりと見た。なにかいいたそうだったけど、けっきょくなにもいわずにでていった。

とたん、笑い声といっしょに「なんかにおわないかー。」という声がひびいた。先生がでていくのを待ちかまえていたみたいだった。

男子の何人かが黒板の前に集まって、こっちを見ている。ああ、いつものやつかと思った。連中はぼくのことをなにかというと目のかたきにしている。気にいらなくて仕方ないみたいだった。

確《たし》かにぼくは、お風呂《ふろ》に毎日は入っていない。けれど今は冬だし、におうなんてことはないはずだった。

「ちょっと、そんなことというのやめなさいよね。」

ふり返ると、後ろの方で工藤彩香《くどうあやか》さんが立ちあがっていて、連中をこわい顔でにらんでいた。

工藤さんは女子のなかでも一番目立っている子だった。自分の意見をしっかりと発表するし、なっとくがいくまで質問《しつもん》をする。おじいさんかおばあさんが外国の人らしくて、雰《ふん》囲気《いき》もどことなくほかの子たちとはちがっていた。

うわさだと英語も話せるらしい。なんだかぼくにとっては別の世界に住んでいるような子だった。

「先生を呼《よ》んでくるからね。それでもいいの？」工藤さんが、そうはっきりといった。

「おまえに関係ないだろ。」

「関係ないわけないでしょ。三橋さん、困《こま》ってるでしょ。」

「そんなの知るかよ。」強い口調で連中がいい返した。

いやな雰囲気が教室にただよい、クラスのみんなはぼくたちから目をそらそうとしている。

　けれど工藤さんは、そんなこと気にもしていなかった。

「ひどいことといったのはそっちでしょ。人を傷《きず》つけるようなことというなんて、どうかしてるんじゃない。」

「くそっ、なんだよおまえ。」

　めんどうくさくなったのか、そのあと連中はぞろぞろと廊下《ろうか》へでていった。

「あんなの、ぜんぜん気にしなくていいから。」

　そういうと工藤さんは、ほかの当番の子たちといっしょに給食の用意を始めた。

　彼女《かのじょ》のことだから、きっと小川先生からぼくのことをたのまれているのだろう。困っているときは助けてあげてくれとか、見守ってあげてくれないかとか、たぶんそんなふうに。

　ぼくはじっといすに座ったままだった。まるで、特別あつかいというか、みそっかすにされている小さな子どもみたいだと思った。

　情《なさ》けなかったのは、給食のにおいをかいだとたん、おなかがなりだしたことだった。授業中じゃなかったので助かったけど、やっぱりまわりの子には聞かれたくはなかった。

勉強も運動もできないくせに、遅刻《ちこく》して忘《わす》れ物《もの》ばかりしているくせに、それなのにぼくはこんなふうにいつも見栄《みえ》をはろうとしてしまう。

はっきりわかっているのは、そんな自分に、ぼくはもうとっくの昔に嫌気《いやけ》がさしているということだった。

4

午後の授業《じゅぎょう》はどうしようもなくねむたかった。

六年生になってからの勉強は、さらに難《むずか》しくなっていて、ぼくにとってはただがまんするだけの時間になっていた。

通級指導《しどう》教室のときに授業の補習《ほしゅう》みたいなものはあったけど、いつもいつもというわけではなかったし、ぼくの勉強の力がこれ以上のびるとは思えなかった。

給食の時間からずっと、小川先生は教室にいた。だから連中も、あれからはぼくにからんでくることはなかった。

ただ、午後の授業の最後に、ぼくのそばに近よってきた先生が、

「ちょっと話があるから、少し残っててくれないかな？」といったときには、連中はにやにやしながらこっちを見ていた。

帰りの会が終わったあと、ぼくは先生に手招《てまね》きされ、いっしょに職員室《しょくいんしつ》に向かった。こんなふうに先生に呼《よ》ばれるのははじめてじゃない。だからどんな話なのかはもう予想がついていた。

小川先生が話をする場所は、決まって職員室につながっている校長室のソファだった。部屋のまんなかにはついたてが立っている。たぶんその向こうには校長先生がいてこっちの話に耳をすましているのだろう。

小川先生はぼくをソファに座《すわ》らせ、「家のほうはどうなんだい?」とこの前呼ばれたときと同じことをたずねた。

「別になにも……。」ぼくが口ごもっていると先生は不満そうに首をかしげた。

「先生さ、お母さんといろいろ話がしたいんだよ。伝えてくれないか? 電話してもなかなかつながらないし……。」

学校からの電話を母さんがいつも無視《むし》しているのは知っていた。

「よかったら、おうちにうかがいたいと考えているんだよ。ほら、家庭訪問《ほうもん》もとうとうできないままだったから。」

「あの……でも、母さんはあんまり家にはいなくて……。」ぼくはあいまいにうなずいた。「仕事がいそがしいから……。」

母さんは先生に会うことをすごくいやがる。先生だって、うちなんかにきてもなにもいいことはないはずなのに。

「じつは先生さ、先週、三橋さんの家の前までいったんだよ。教頭先生といっしょにね。なんどかノックしたり声をかけたりしたんだけど、お留守《るす》だったみたいで……。」

そのときのことは覚えている。あのときぼくは部屋のなかにずっといたし、ノックしているのがだれかもすぐにわかった。

でも、だからといってなかにいれるわけにはいかなかった。だって先生たちはきっと母さんのことを悪くいうにちがいなかったから。

「ごめんなさい。外にでかけていたんだと思います……。」

そう下を向いたまま答えた。

そのあとも、小川先生はいろんなことをぼくにたずねた。遅刻《ちこく》したのはどうしてなのかとか、夜は何時にねているのかとか、ご飯はちゃんと食べているのかとか……。

ぼくはいつものように、質問《しつもん》の半分はだまりこんでいた。それが一番いいということがわかっていたし、いろいろ話しかけられているうちに頭がぼうっとしてきたからだった。

それに、みぞおちのあたりがちりちりと痛《いた》んできたし、もうこんなのは終わりにしたかった。

ついたての向こうから、校長先生のせきばらいが聞こえた。たぶんそれが合図だったんだと思う。

「じゃあ、またあしたね。」

先生はようやくそういうと、ぼくを校長室から送り出してくれた。なんだかひどくつかれてしまって、その場に座りこみたくなった。でもそんなことできるはずがない。

はやく家に帰ろうとくつ箱へと向かうと、昇降口《しょうこうぐち》の外にクラスの男子たちの姿《すがた》が見えた。そのなかにはやっぱりあの連中もいて、声をあげてみんなでふざけあっている。

さっさと帰ればいいのに……。ついてないなあと思った。

このまま帰ろうとすれば、ぜったい顔を合わせることになる。そうなれば、あいつらのことだから、ここぞとばかりにからんでくるだろう。

仕方ない。連中がいなくなるまで待とうと思った。でもどこで待てばいいのだろう……。

すぐに教材室のことを思いだした。不気味なミイラ男の姿が頭をよぎった。

ちょうどいいのかもしれない。今だったらちゃんと確《たし》かめることができる。あんなのがいるわけがないってことを。

いったいどうして、あんなまぼろしみたいなものを見てしまったんだろう……。それに、あの場所だったら、だれにも見つからずに時間を過《す》ごせるはずだった。

ぼくは、そのまま階段《かいだん》をのぼり、うす暗くてひと気《け》のない三階の廊下《ろうか》を進んだ。

教材室にたどりつくと、ためらいなく引き戸の取っ手に指をかけた。やっぱりかぎはかかっていなかったみたいで、とびらはすんなりとひらいた。ぼくはすぐに部屋のなかに入りこんだ。

室内は朝きたときよりも暗さが増《ま》している。そのことがぼくを急に不安にさせた。目がなれるまでじっとその場にいた。びくびくしていても仕方がないと、自分で自分にいいきかせた。ミイラ男なんて、どう考えてもいるはずがないのだから……。

つばをのみこみ、部屋のおくへと進んだ。けれどぼくの耳にはもう聞こえていた。聞き覚えのあるあの息づかいが確かに聞こえていた。

本だなの向こうがわ。もう目をそらすことができなかった。

いた……。そこにあいつは座っていた。朝と同じように、やせこけたみにくい足を投げだし、ゆか板の上にじっと座っていた。本当だった。夢《ゆめ》とか見まちがいとか、もうそんなものじゃなかった。

いろんな考えが頭のなかをぐるぐると回った。

ぼくはこれからどうすればいいんだろう。職員室に知らせにいった方がいいんだろうか。それとも、今ここで大声をあげた方が……。

いやちがう。そんなのだめだ。ぜったいだめだ。だってこいつはぼくが見つけたんだ。こいつがいることを知っているのはぼくだけなんだ。先生だってクラスの子だって、だれも知らないいんだ。ぼくだけなんだ。

知られたくないと思った。このミイラ男のことはだれにも知られたくなんかない。息をのんだ。ミイラ男は細いつりあがった目をひらき、ぼくを見た。

「え?」ぼくは小さく声をあげた。

そいつがなにか話しかけてきたように思ったからだ。けれどちがった。そいつのにごったむらさき色のくちびるは閉《と》じられたままだった。ぼくはその場にしゃがみこんだ。

「お、おまえは……いったいだれなの?」思い切って言葉をかけた。「どうしてここにいるのさ?」

そいつの筋張《すじば》った首筋がぴくりとふるえたように見えた。ミイラ男は、一度まぶたを閉じ、またゆっくりとひらいた。ただそれだけだった。

ミイラ男の姿をじっと見つめた。足もとから頭の先まで、くり返しくり返し視線《しせん》を動かした。そして、そいつはというと、いやがることもなくただそこに座り、静かに息をはきだしていた。

どのくらい自分がそこにいたのか、よくわからない。気がつけば、教材室のなかは夜みたいになっていて、遠くから下校を知らせる音楽が流れてきていた。よろめきながらぼくは立ちあがった。

「もう帰るから……。」そう声にだしていった。

ミイラ男の首がわずかにかしいで見えた。まるで、どこに帰るんだ？　と問いかけているようだった。

「家に帰るに決まってるだろ。ぼくにだってちゃんと帰る家があるんだよ。おまえにはぜんぜんわからないと思うけどさ……。」

そいつの口元が少しだけ動いたような気がした。

じゃあ、なぜ、ここにずっといた？　はやく帰ればよかったじゃないか？

ミイラ男が皮肉っぽく話しかけてきたように思えた。

「おまえにはわからないって。ぼくにはぼくの事情《じじょう》があるんだよ。」そう早口でいい返していた。でも、ひとりムキになっている自分に気づき、急に恥《は》ずかしくなった。

「じゃあ、帰るね。」ぼくは片手《かたて》をあげた。ミイラ男はぼくの方をじっと見つめている。

《またくるのか……。》

そいつのくちびるが動き、まるで虫の羽音のような声がぼくの耳にひびいた。

なぜだかぼくはおどろかなかった。こいつは、このミイラ男は、きっと話せるはずなんだといつのまにか思いこんでいたからだ。

「くるよ、ぜったいくるよ。」ぼくは答えた。「おまえはあしたもここにいるの？」

《ここにいる……。》

そういうとミイラ男は目を閉じた。まるで深いねむりについたかのようだった。

ぼくは小さく手をふった。今はもう声をかけないでいようと思った。それから、暗がりのなか、置いてある荷物にぶつからないようにしながら部屋をでた。

廊下にはだれもいなかった。ぼくは急いで昇降口へと向かった。

5

商店街のずっとおくにあるアパートに帰りついたとき、家に母さんはいなかった。持ち歩いているかぎでドアをあけ、部屋のなかを見回す。もう夕方だったし、少しはやいけど仕事にでかけたのかもしれない。それともあの見知らぬ男とどこかにでかけているのだろうか。

ただほっとしたのは、台所のテーブルの上に五百円玉が置いてあったことだった。冷蔵《れいぞう》庫《こ》のなかは相変わらずほとんど空っぽだったけど、それでも母さんは、今日はまだぼくのことをちゃんと考えてくれている。

いつもそうするように、そのお金を持って外にでると、近くのコンビニへと急いだ。本当はちょっとはなれたところにあるスーパーにいった方がいいのかもしれない。でもそこだとかごを手に店内を歩くだけで目をひいてしまう。コンビニだったらぼくのような小学生がうろうろしても目立たないし、レジの店員さんはすぐにいれかわるので、お客のことなんかまるで覚えていない。

定番のおにぎりセットと菓子《かし》パンを買った。ジュースも買いたかったけど、それはおつりをためておいて今度にしようと思った。

アパートにもどってかぎをかける。また先生にこられても困《こま》るし、母さんは「かぎかけて、だれもなかにいれないでよ。」といつもいっていたから。

母さんは仕事をころころとかえていた。だから今母さんがどんな仕事をしているのか、ぼくは知らない。たずねたこともないし、母さんも話そうとはしない。

けれど、濃《こ》い化粧《けしょう》にきらきらしている服、夜おそくに香水《こうすい》とお酒のにおいをぷんぷんさせながら帰ってくる様子を見ていたら大体の想像《そうぞう》はついた。

ぼくに父さんはいない。

ぼくがずっと小さいころに家をでていったらしい。といっても、母さんと正式に結婚《けっこん》していたわけじゃないみたいだった。だからだろう。ぼくは古い携帯《けいたい》に残っているぼやけた父さんの写真しか見せてもらっていないし、名前も聞いていない。

おにぎりセットはやっぱりおいしくて、あっというまにたいらげてしまった。いつもなら、このあとはなにもする気が起きずに、ただぼんやりと過《す》ごすだけだった。けれど今日はちがった。

家へ帰っているときも、家に帰ってからも、ぼくは教材室でのことをなんども思い返していた。ミイラ男の姿《すがた》が頭にずっと残っていた。

あいつは今もあそこにいるんだろうか、なにをしているんだろうかと思った。真っ暗な教材室の片《かた》すみで、じっと息をひそめているのだろうか。それとも、夜になったらどこか知らない場所に姿を隠《かく》しているのだろうか。

それにしてもあいつはいったい何者なんだろう。あんな変なやつ見たことがない。だって、不思議な顔をしていたし、体つきだってもうありえないくらいに気味悪いし……。

ああそうだと立ちあがった。

捨《す》てていないはずだから、あれはぼくの部屋のどこかにあるはずだった。

あった……。部屋のなかをさがしまわったぼくは、三段《だん》ボックスの一番下の段からスケッチブックを引《ひ》っ張《ぱ》りだした。

ノートくらいの大きさのスケッチブックで、おばさんからもらったものだった。

おばさんは遠くに住んでいる母さんの妹で、夏とかお正月とか、ときどきだけどやってきてくれる。いつもぼくのことを心配してくれて、「困ったことない？」といってくれる。

でも、母さんは気にくわないみたいですぐにくってかかる。

「あんた、自分に子どもがいないから、あたしのことがうらやましいんでしょ。」いつだったか、いやな感じでそういったこともあった。

ただ、このスケッチブックをもらったときには、

「アキトの父さんね、絵がうまかったのよ。」といって、つき返そうとはしなかった。その母さんの言葉は今でもはっきりと覚えている。

ぼくはスケッチブックと使いかけの鉛筆《えんぴつ》を手に、パイプベッドの上に座《すわ》りこんだ。そしてあのミイラ男の姿をかき始めた。

あいつ、こんなかっこうしていたっけ。

がりがりにやせた細い体。こしのまわりにはこげたように黒ずんだ布切《ぬのき》れみたいなものをまきつけている。それ以外は全身むきだしのはだかに近かった。

皮膚《ひふ》は黒みがかった濃い緑色で、あちこちぼろぼろにめくれあがったり細かいひびがはしったりしている。ペンキがはがれ落ちた古いマネキン人形が頭にうかんだ。

鉛筆をななめにたおし、うすい線をいくつもいくつも重ねていった。

あいつの節くれだった手足、うきあがった首元の骨《ほね》、うまくいかなかった線は指でこすって消し、またその上からかき足していった。

背《せ》たけは決して高くない。たぶんぼくより少し大きいくらいだろう。はだしの足先と足の裏《うら》にはすすみたいなほこりとごみがこびりついていた。

そして頭。頭にかみの毛はなく、あちこちに深いしわがきざまれている。目は細くてつりあがっていて、鼻筋《はなすじ》は通っていたけど、だからといってそう高くはない。

ほおもこけ、目も落ちくぼんでいたので、あいつがなにを考えているのかはよくわからない。ただ眉間《みけん》にいつもしわをよせているので、どこか不きげんそうな表情《ひょうじょう》に見えた。

鉛筆を持つ手をとめた。

あいつが本当に夢《ゆめ》じゃなくて現実《げんじつ》だとしたら、正体はなんなのだろう。

あの場所にはりついている幽霊《ゆうれい》みたいなものなのだろうか。そんなマンガをずっと前に読んだことはあるけど……。

また鉛筆を動かした。そううまいとはいえないけど、悪くはないと思う。

これおまえだぞ、とあいつに見せてやったらどうだろう。ミイラ男は少しはおどろくだろうか。

そんなことを思いうかべていたところまでは覚えている。
まるで急にエネルギーが切れてしまったみたいに、ぼくはベッドに横になり、そのまま
ねむってしまっていた。

6

はだ寒さで目を覚ました。

部屋には光がさしこんでいて、もう朝だということにぼくは気づいた。いつのまにねむってしまったんだろう。

ぼくはパイプベッドの上で毛布《もうふ》と布団《ふとん》を体にまきつけるようにしてねていた。絵をかいていたことを思いだした。スケッチブックがなかったので、あわてて体を起こした。ふり返ってみると部屋のすみの机《つくえ》の上に置いてあった。

すぐにふすま戸をあけて台所にいった。ぼくに布団をかけ、スケッチブックを片付《かたづ》けてくれたのは母さんに決まっている。

思った通り、母さんは帰ってきていた。母さんの部屋のふすま戸があいていて、母さんが布団でねむっているのが見えた。あんまりお酒のにおいはしなかったし、知らない男もそこにはいなかった。

「おはよう……。」

起こしちゃいけないから小さく声をかけた。けれど母さんはちゃんと目を覚まし、布団に入ったままだったけど、ぼくの方を見あげた。

「おはようアキト……きのうおそかったから……。」

もう目をあけているのも無理そうだった。かみの毛はぐちゃぐちゃで、化粧《けしょう》もひどい感じになっていた。だけど、香水《こうすい》のいいにおいがした。

「いいよいいよ、ねてていいから。ぼく、学校にいってくるから。」

「ごめんアキト……朝ご飯なにか買ってこようと思ったんだけど……。」

「いいよ。きのう買った菓子《かし》パンがあるから。」

「そう……よかった……。」

母さんは小さく笑ったかと思うと、まぶたを閉《と》じ、またすぐに寝息《ねいき》をたて始めた。

ぼくはふすま戸をそっと閉《し》めた。ゆっくりねむってほしかった。

時計を見たら、あんまり時間はなかった。ぼくは菓子パンをほおばりながら学校にいく準備《じゅんび》をした。こんなことなら、きのうのうちにやっておけばよかったと思った。

でかける前に、スケッチブックのことを思いだした。机の上からとってきてランドセルのなかにつっこんだ。それから母さんを起こさないようにくつをはき、かぎをかけ、学校へとかけだした。

おなかの横が痛《いた》くなって、坂道のとちゅうで息を切らしてしまった。もとからぼくは体力も根性《こんじょう》もないやつだったから。

それでも、時間までには教室にたどりついた。もう大半のクラスメートがきていて、みんなは入ってきたぼくをちらりと見た。いつも遅刻《ちこく》ばかりしていたので少しおどろいているみたいだった。

できたら朝のうちに教材室にいきたかった。ミイラ男の様子を見たかったし、少しでいいからまた話したいと思っていた。

もしかしたら、あいつ、いなくなってしまったかも……。そう思うと胸《むね》がどきどきして、急に不安になってきた。もう少しだけ時間があるからいってみよう。廊下《ろうか》にでようとしていたら、

「三橋さん、おはよう。」

工藤さんが前をふさぐみたいにして声をかけてきた。いきなりだったのでおどろいた。

「あ……おはよう。」なんとかそう返したけど、

「どっかいくの？」と工藤さんは遠慮《えんりょ》なくたずねてきた。

「あの、いや……別に。」けっきょく、自分の席にもどって座《すわ》るしかなかった。

ぼくのことを気にして、親切にしてくれるのはうれしかった。けれど、それは工藤さんにとってあんまりいいことじゃない。かたまっている女子たちが工藤さんをちらちら見ていることをぼくは知っていた。それはいやな感じの視線《しせん》だった。

それにさっきからあの連中もこっちをふり返っている。あいつらが気にくわないのは今のところぼくだけだったけど、これからどうなるかはわからなかった。

小川先生がやってきていつものように授業《じゅぎょう》が始まった。最初からもうついていけなくて、ぼくはただじっと座っていた。

きっとやさしい問題だったのだと思う。

「はい。じゃあ次、三橋さん。」先生はめずらしくぼくに問いかけた。それでもやっぱりぼくには難《むずか》しすぎた。答えを口にしたとたん、みんなの笑い声が教室じゅうにあふれた。

「なるほど、そんな考え方もあるよね……。」そういって先生はかばおうとしてくれたけど、笑い声はしばらく続いた。

だけど、みんなはミイラ男のことは知らないはずだ。知っているのはぼくだけなんだから。そう思うと少しだけ力がわいてきた。

昼休みになってようやく教材室にいくことができた。持ってきたスケッチブックはジャンパーの下にかくし、目立たないように教室をでた。

三階の廊下は相変わらず静かで、ぼくは足音をたてないようにしながら教材室へと向かった。

引き戸をあけてなかに入ったぼくは、すぐにあの気配を感じた。息づかいがはっきりと聞こえたし、なにかこすれるような音もした。

本だなの向こうがわに回ると、きのうと同じようにミイラ男はそこにいて、あの落ちくぼんだ目でぼくをじっと見あげた。

「やあ……ずっとここにいたの？」しゃがみこみ話しかけた。

《ああ、ここにいた……。》

あの低くかすれた声だった。

「寒くないの？　なにか食べたの？」

いっきにたずねたけど、ミイラ男は首を少しかたむけるだけで答えようとはしなかった。

「あ、そうだ。」ぼくはスケッチブックを引《ひ》っ張《ぱ》りだし、見えるようにひらいて見せた。

「ぼくがかいたんだよ。これどうかなあ?」

ちょっとどきどきした。ミイラ男はぼくの絵をじっと見ている。

「いちおう、おまえなんだけど……。」

《おれ……。》

しわだらけの口元が少し動いた。なんだか不思議がっているみたいだった。

「まだかきかけなんだけど。とちゅうでねむっちゃったから。」

《おれ、なのか……。》

「まあ、そのつもりだけど。へんかなあ。よくなかった?」

《悪くはない……。》

「よかった。もっと上手にかくからさ。そしたらまた見せるから。」そうぼくがいうとミイラ男はゆっくりとうなずいた。

「あのさ……。」ぼくは思い切って問いかけた。「おまえって何者なの? もしかしたら幽《ゆう》霊《れい》なわけ? ちがう? まあ、そうじゃないような気はするけど……。」

ミイラ男はぼくを見つめ返している。まるで、ぼくが話すことが理解《りかい》できていないみたいだった。でも、ぼくは続けて話しかけた。

「どうしてここにいるの？　ここでなにをしているわけ？」

うまく伝わっていないのかもしれない。質問《しつもん》に答えることなく、ミイラ男は目を閉じた。自分の世界にもどっていこうとでもしているようだった。

ふいに、こいつの体にさわってみたらどうなるんだろうと思った。もし幽霊とかまぼろしとかだったら、手ごたえがなくてきっと空気みたいな感じなのかもしれない。

ひざをつき、にじりよった。おそるおそる手をのばし、ミイラ男のだらりとたらしている左うでに思い切ってふれてみた。

これって……。

不思議な手ごたえがぼくの手のひらに伝わってきた。人にさわっているという感じではなかった。でも、だからといって形のない空気みたいなものでもない。

すくいあげようとしたどろりとしたものが、指のあいだからながれおちていくような、そんな感じだった。

ぼくは立ちあがって、ミイラ男を引っ張りあげようとした。どうしていきなりそんなことをしようと思ったのか、自分でもよくわからない。ミイラ男がこんなところにずっと座りこんでいるのが、かわいそうに思えたのかもしれない。

立ちあがることができれば、こいつは自由になれる。そう考えたのかもしれない。

ミイラ男が閉じていた目をあけた。そして体をひねり、ぼくの手をふりはらった。びっくりしたぼくは、はげしくしりもちをついた。

うなり声だった。まるで人をねらうおそろしい動物のようなうなり声をあげ、ミイラ男はつりあがった目でぼくをにらみつけている。

「ご、ごめん。立てるんじゃないかと思って。」後ずさりしながらあわててあやまった。

「そしたらさ、こんなとこにいなくてもいいんだよ。どこにだっていけるって。ぼくは無理だけど、おまえならできるかもしれないんだよ。」

ミイラ男は首をかしげた。

「そうに決まってるよ。ここにいたって、なんにもならないんだって。」

ミイラ男のうなり声はもう聞こえなかった。彼《かれ》はゆっくりと左うでをあげ、細いごつごつの指で教材室の向こうがわを指さした。

「な、なにさ、どうしたのさ？」

《だれか……くる……。》

「えっ。」

あわててふり返ったとき、教材室のとびらがひらく音がした。そして、知っている声がひびいた。

「ちょっと、三橋さん、いるのよね。なにしてるのよ、こんなとこで。」

工藤さんの声だった。ゆか板をふむ足音がしたかと思うと、部屋を仕切る本だなを回りこんだ工藤さんがぼくのすぐそばへと歩みよってきた。

「ここ、子どもだけで入ったらだめなんだよ。知ってるでしょ？　もう昼休み終わるんだよ。だれかに見つかったらたいへんだって。」

工藤さんはぼくを見おろしている。そして少しせきこむと、暗い教材室のなかを見回した。ぼくはあわてた。彼女《かのじょ》が視線を向けた方にはミイラ男がいて、じっとこっちを見ていたから……。

「ここでなにしてたの？　まさかだれかにいやなことされるから、隠《かく》れてたとか？」

けれど工藤さんはすぐそばにいるミイラ男の姿《すがた》にまるで気づいていない。そうか、見えないんだと思った。ぼくにしか見えないんだと思った。

「ち、ちがうよ、そんなんじゃなくて……。」なんとかごまかさなくてはと思った。だけど気の利《き》いたことがなにもうかばなかった。

「もしかして絵をかいてたの？」

工藤さんは、ゆかに置いたままだったスケッチブックを指さした。ぼくはすぐにうなずいてみせた。

「なるほどねえ。三橋さん、絵が得意《とくい》だもんね。でも、こんなとこじゃなくて、もっと別のとこでかいたほうがいいよ。ここ暗くてほこりだらけで、ぜったい体によくないって。」

そして工藤さんはスケッチブックを拾いあげると、ぼくに手渡《てわた》した。

「どうして……ぼくがここにいるってわかったの？」

「三橋さんの姿がぜんぜん見えないからさがしてたの。で、ここの廊下を通ってたら声が聞こえてきたから。」

「そうなんだ……。」

廊下にまで声がもれていたなんて知らなかった。気をつけなくてはと思った。

「はやくもどろう。五時間目は学活だよ。もしかしたら三橋さんの喜《よろこ》びそうなことがあるかもしれないよ。」

そういうと工藤さんは、さっさと入り口の方へ歩きだした。仕方なく立ちあがり、あとに続いた。ふり返るとミイラ男がぼくをじっと見ている。

「またくるから……。」

小声でささやくと、ミイラ男はゆっくりとうなずいてくれた。

7

午後の授業《じゅぎょう》は苦手だった。

特に昼休みが終わったあとの授業はそう。みんなみょうに興奮《こうふん》していて、変な言葉が平気でとびかう。職員室《しょくいんしつ》からやってくる先生は遅《おく》れ気味になるし、昼休みにグループでさわいでいた子たちはその勢《いきお》いのまま、チャイムがなってもまだ大声をあげている。

工藤さんに続いて教室に入ると、教室の前の方で連中がにやにやしながらこっちを見ている。それだけじゃなくて、席についていない女子のグループもくすくす笑っている。その子たちはぼくじゃなく、席につこうとしている工藤さんを目で追っている。

ああ、そうなんだと思った。黒板のまんなかに相合いがさの落書きがかいてあって、そのなかにぼくと工藤さんの名前があった。

いつもこうなる。

ぼくと関わるとまきこまれてしまう。ぼくはからかうのにちょうどいい相手だったし、学校をサボったり宿題をしてこなかったり、そうされても仕方のないやつだった。けれど、まきこまれた子にとってはたまったものじゃない。かげで変なことをいわれたりのけ者にされたりする。ぼくは工藤さんの方を見た。

工藤さんもかかれている相合いがさに気づいているようで、じっと黒板の方を見ている。

「いいかげんにしなさいよね。」

立ちあがり、工藤さんは連中の方に歩いていこうとした。ぼくは情《なさ》けないことにただ座《すわ》ったままだった。

ちょうどそのとき、小川先生が教室に入ってきた。連中はすばやく落書きを消し去り、さっと自分たちの席にもどった。

「さあ、始めよう。みんなはやく座って。」

先生の声で工藤さんも席につき、ぼくはとりあえずほっと息をはいた。

教室のびみょうな雰囲気《ふんいき》に気づくこともなく、小川先生は学活の授業を始めた。

「この前の続きですね。卒業制作《せいさく》のことなんですが……。」

続きといわれても、今月はなんども休んでいたし、なにがどう決まっているのかほとんど知らなかった。ただ卒業制作委員会の子たちが帰りの会のときになにかいっていたような気がした。

やがて話し合いが始まった。机《つくえ》をコの字形にならべ直して、前の方に座った委員会の子たちが説明を始めた。工藤さんが前に座っていることに気づいた。彼女《かのじょ》は卒業制作委員会のメンバーだった。

今年の卒業制作はなにをするか……？　ようするに去年の卒業生と同じで、運動場のおくのコンクリートのかべに絵をかくということだった。

今までもそこには壁画《へきが》があったけど、もうよごれがひどくて、希望するクラスが少しずつ新しい絵にかき直しているみたいだった。

「どんな絵をかくかについて、委員会で話したんですが、どうせなら大きな絵をかこうということになりました。だから、具体的になにをかくかを話し合いたいと思います……。」

委員会の司会役の男子が早口でそういった。みんなが手をあげていろんなことを発表し、工藤さんたちが黒板に書きつけていった。

ぼくはといえば、ただじっと座って決まるのを待っていた。なにもうかばなかったし、無理してなにかいってもきっと変なことしかいえないはずだった。そして、いやがられるのがわかっていた。

終わりの時間がこようとしていたが、けっきょく決まらなかった。アニメ番組の絵とかアイドルの絵とかそんなので盛《も》りあがっていたけど、具体的になにをどうかくのかということになると意見がでなくなった。

「だれかに下絵をかいてもらって、それで決めたらいいと思います。」

そういったのは工藤さんで、時間もせまっていたので、あっさりとそうしようということになった。

「下絵をかきたいという人いますか?」

最初はみんないやがっていたけど、絵のうまい子たちが自分で手をあげたり、友だちにすすめられたりして候補《こうほ》にあがっていった。

そのなかにはあの連中のなかでもリーダー格《かく》の男子がいた。仲間たちに大げさに推薦《すいせん》され、まんざらでもなさそうだった。確《たし》かにそのリーダー格の男子は絵がうまかった。低学年のときにはぼくともよく遊んでいて、ぼくのノートにマンガをかいてくれていた。

「三橋アキトさんがいいと思います。」

いきなり自分の名前がでた。ほおづえをつきながら、みんなのやりとりをぼんやりと見ていたぼくはおどろいて声の方を見た。やっぱり工藤さんだった。冷めた視線《しせん》がぼくと工藤さんに向けられた。

「みんな知らないの？　三橋さん、絵画コンクールで賞《しょう》をとったんだから。」

これも工藤さんだった。賞をとったといってもあれは去年のことで、たまたま運がよかっただけで……。

「でもあいつは休んでばかりだからなあ。」連中のひとりが小声でいった。「そうだよなあ。」とほかの男子も声をもらした。

その通りだよと思った。下絵を考えるなんてぼくにできることじゃない。いつもサボってばかりだし、うまくできたことなんてほとんどない。

とつぜんだった。そのとき低いうなり声が聞こえた。

すぐにわかった。それはあのミイラ男の声だった。あたりを見回したけど、だれもその声には気づいていない。聞こえているのはきっとぼくだけなのだろう。教材室はずっとはなれているのに、どうしてあいつの声が……。

「じゃあ三橋さんにも下絵をかいてもらうことにしましょう。」

横でやりとりを見ていた小川先生が口をはさんだ。

「来週時間をとって、みんなでどの下絵にするかを決めましょう。うん。それがいいんじゃないかな。」

「えー。」という不満げな声があちこちからもれた。けれど小川先生は強気だった。

「じゃあ、決めるのは来週の月曜にしましょう。それまでに選ばれた人は下絵をかいてきてくださいね。」

そういいきると、あっさりと学活の時間を終わりにした。


また放課後がきた。

みんなが帰るのを待って、ぼくは教材室のミイラ男に会いにいった。どうしても確かめたいことがあった。

暗がりのなか、あいつはやっぱりそこにいた。そして、ぼくをじっと見あげていた。細い目がじろりと動くのがわかった。

「なんだったのさ、あれ。あのときおまえの声が聞こえたんだけど。」

ミイラ男は首をかしげた。

「もしかしたら、ぼくのことをはげましてくれたの？」

うすいくちびるは閉《と》じたままで、なにも答えようとはしなかった。ぼくはしゃがみこみ、ミイラ男のうでに手をのばした。あの不思議な手ざわりが伝わってきた。

「下絵を考えてみるよ。」そうぼくはいった。

ミイラ男は静かに目を閉じた。ねむってしまったように思えたけど、やがてわずかにくちびるをゆるめ、
《悪くない……。》とかすれ声で答えた。

下校の放送が流れ、ぼくは教材室をあとにした。

「月曜にまたくるね。」部屋をでるときに、ふり返って声をかけた。

《ああ……。》

そう答えるミイラ男の声が、はっきりとぼくには聞こえた。

8

アパートに帰ると母さんがいた。

自分のかぎで玄関《げんかん》ドアをあけようとしていたら、いきなりドアがひらき、

「アキト、お帰り。」母さんのはずむような声がぼくをむかえいれた。

こんな時間に母さんが家にいるなんてめずらしかった。いつもなら仕事にでかけているか、そうじゃなければ、自分の部屋でつかれてねこんでいるかの大体どちらかだった。

それに笑《え》みをうかべ、ぼくが帰ってきたことを喜《よろこ》んでくれている。いったいどうしたのだろう。

「晩《ばん》ご飯《はん》はすき焼きよ。久《ひさ》しぶりでしょ。おいしいんだからね。」

母さんはうれしくて仕方ないという様子だった。

本当にテーブルの上ではコンロにかけられたなべが湯気をあげていた。それに、いつも

は使っていないエアコンが今日はついていて、部屋のなかは十二月じゃないみたいだった。

テーブルにつくと、すき焼きのにおいにおなかがなった。こんなごちそうを目の前にするのはいつ以来だろう。ぼくはしだいしだいに喜びがこみあげてきて、今日の出来事を話し始めた。

「あのね母さん、ぼくね、卒業制作《せいさく》の壁画《へきが》の下絵をかく係に選ばれたんだよ。絵がうまいからって、ぼくが選ばれたんだよ。」

ほかにも係がいることはいわなかった。ちょっとくらい大げさでもいいと思った。だってぼくは母さんにほめてもらいたかったから。

「へー、そうなの。壁画をかくんだ。すごいじゃないの……。」

母さんは目を細め笑ってくれた。でもそのやりとりはすぐに終わった。はっとしたように立ちあがった母さんは、あわてて玄関にいき、ドアをひらいたからだ。

見知らぬ男が家のなかに入ってきた。ぼさぼさの長いかみをした大がらの男で、あごひげをはやしていた。

「もう、おそかったじゃない。」男のうでを引《ひ》っ張《ぱ》りながら母さんが笑っていった。

「悪い悪い、ビール飲みたくなって、買ってきたんだ。」男はスーパーの袋《ふくろ》を持ちあげて見せた。そして、家にあがってくるなり、

「おっ、おまえがアキトか。なんだ、ちっこいんだな。まあ、よろしくな。」そういうとテーブルのいすにどすんとこしをおろした。

「さあ、食べようぜ、食べようぜ。」

そいつはまだぼくも母さんも食べていないのに、自分だけさっさとなべにはしをつっこんだ。母さんは受け取ったビールをあけてコップについだ。そんなことする必要なんてぜんぜんないのに。

男はありがとうもいわずにビールをのみほすと、

「ほらなにしてんだ。おまえもどんどん食べろよな。そんなんじゃ大きくなんねえぞ。」

と、ぼくの小皿に肉やら豆腐《とうふ》やらを勝手にいれだした。

「ほんとよ、アキトはいっぱい食べなきゃ。」母さんはうれしそうにいうと、男のコップにまたビールをついだ。「ユウさんね、大学でてるのよ。すごいでしょ。」

ユウさんと呼《よ》ばれた男が、「まあな。」とえらそうにうなずいた。そいつの体からお酒とたばこのにおいがつんとにおった。

そんなのなにがすごいんだよ……。横腹《よこばら》がちりちりと痛《いた》んだ。けれどいつものことだったし、ぼくは奥歯《おくば》をこするようにしてがまんした。

母さんもお酒を飲んでいる。口元をぬぐい、顔をくしゃくしゃにして笑っている。なんどもなんどもそいつの名前を呼んだ。

「あのねアキト……。」もう聞きたくもないのに、母さんはまたぼくに話しかけてきた。「ユウさんね、すっごく絵がうまいのよ。だからアキトと気が合うかもよ。ほら、かべに絵をかくんでしょ？　下絵を考えなくちゃいけないんでしょ？」

そんなことどうでもよかった。母さんだけに話したことをこんなやつの前でいってほしくなんかなかった。こいつはぜんぜん関係のないやつなのに。

ぼくはちょっとだけうなずいた。愛想笑《あいそわら》いをうかべた。だって母さんがいやがることはしたくなかったから。あとはもうすき焼きとご飯をただもくもくと口に運んだ。あんなにおいしそうだったすき焼きが、今はもう甘《あま》いのか辛《から》いのかもわからなくなっていた。

テーブルの下で男の足がぼくの足にあたった。そいつは横目でぼくをちらりと見て、にやにや笑っている。

学校みたいだと思った。連中にからかわれてばかにされたことを思いだした。

それでもぼくは、すき焼きとご飯を食べ続けた。少なくともこうやって食べてさえいれば、夜中におなかをすかせて目を覚ますことはないはずだったから。

なべの中身がなくなり、すみっこが茶色にこげだしている。そんなことに気づきもしないで母さんと男は今はもうお酒ばかりを飲んでいる。ぼくは手をのばし、コンロの火を消した。

そのまま歯もみがかず、自分の部屋に入った。ぼくがテーブルをはなれても、母さんは気にしていなかったし、なにもいわなかった。

パイプベッドに横になった。学校から帰ってきて、まだ着がえていないことに気づいた。パジャマはどこに置いたのだろう。母さんが洗《あら》ってくれたのだろうか。それともどこかでぐちゃぐちゃになっているのだろうか。

もういいやこのままでと思った。どうせあしたは土曜日だった。同じ服を着ているとか、変なにおいがするとかいわれて、からかわれることもない。休みでよかったとぼくは強く思った。

今ごろ、あいつはどうしているのだろう。すぐにミイラ男の姿《すがた》が頭にうかんだ。

あいつは、土曜日も日曜日もあそこにいるのだろうか。ひとりぼっちで、あの暗がりに座《すわ》りこんでいるのだろうか。

　耳をすましてみた。あのときみたいにミイラ男の声が聞こえるかもしれないと思ったから。けれどそんなわけはなかった。聞こえるのは、わがもの顔で話しているあの男の声と母さんの笑い声だった。

　体を起こし、ランドセルからスケッチブックを引っ張りだした。下絵をかかなきゃと思った。だってあんなふうにみんなのなかから選ばれるのははじめてだったから。

　でもなにをかけばいいんだろう。かべにかく絵なんてなにもうかばない。

　ふすまの向こうからは聞きたくもない声がひびいてくる。

　けっきょく、またベッドに横になると目を閉《と》じ、耳をおさえた。こうすればここにいるのはぼくだけになる。今までもそうしていた。母さんが男を家にとめたときには、いつもこうやって耳をおさえていた。そうすればぼくだけの世界に入りこむことができる。よけいなことを考えなくてもよくなってくる。

　頭のなかが白っぽくにごり始める。そして強い眠気がやってきて、ぼくをどこかにひきずりこもうとする。

　うなり声が遠くから聞こえたような気がした。

ミイラ男にちがいなかった。あいつはぼくがくるのをじっと待っているのかもしれない。

はやく会いにいかなきゃ。だってあいつはひとりぼっちなんだから。はやくあの場所にいかなきゃ……。そう思ったときぼくは、まるで真っ暗な穴《あな》のなかにすべりおちるようにねむりこんでいた。

だれかにゆさぶられたのか、それともがたがたという物音がしたからなのかわからない。ぼくはふいに目を覚まし、もう朝になっていることに気がついた。

「おお、アキト、やっと起きたのかよ。」がさついた聞き覚えのない声がした。「おまえ、子どものくせに寝過《ねす》ぎなんだよ。」

いやちがう。あの男の声だった。勝手に家にあがりこみ、酒を飲み、すき焼きを食べていたあの男の声だった……。

ベッドの上にあわてて体を起こした。そいつはすぐそばに立っていて、にやにやしながらぼくを見ていた。無精《ぶしょう》ひげだらけの口元がななめにつりあがっている。たばこのいやなにおいがした。

その男は手になにかを持っていた。まちがいなくそれはぼくのスケッチブックだった。

9

「返してよ！」
うばい返そうと懸命《けんめい》に手をのばした。
けれどそいつは、スケッチブックを手にしたまますさっと後ろにさがり、からかうように
こっちを見ている。
「なんだよおまえ、けっこう大きな声、だせんじゃねえかよ。きのうはずっとおとなしく
していい子ちゃんぶりやがってよー。」
「そんなんじゃない。」
「いい子ちゃんじゃなかったらなんなんだよ。変なやつが家にあがりこんでるんだから、
もっとキレて大騒《おおさわ》ぎしなくてどうすんだよ。」
「うるさい、だまれ。」

ぼくがまた声をあげると、「そうそう、それそれ。」といいながら、男は持っていたスケッチブックをぽんと投げ返した。

「それでおまえ、壁画《へきが》の下絵できたのか？　変な化け物のデッサンしかないじゃないかよ。おまえの頭のなかどうなってんだよ。」

「うるさい。」

どうしようもなく腹《はら》がたった。こんなやつに見られたくなかったし、化け物なんていわれたくもない。ミイラ男のことを知っているのはぼくだけなんだから。

「あっちいけよ、でていけよ。」

「そんなわけにはいかないんだよな。おまえの母ちゃんにたのまれたんだよ。おまえに絵を教えてくれってな。」

「そんなこと……。」

「少なくともおれの方が、おまえより絵はうまいからな。まあいい。でかけるから、さっさと朝飯すませろ。おれもいろいろいそがしいんだからな。」

いきなりの話で頭がぼうっとした。

「でかけるって、どこに……。」

「とりあえず美術館《びじゅつかん》か。まあそのあたりは、いってから決めようぜ。起きてこい、朝飯つくってやってんだぞ。」

台所にいくとテーブルの上にトーストとソーセージ入りの目玉焼きが置いてあった。サラダと牛乳《ぎゅうにゅう》もならんでいたのでおどろいた。

「おまえんち、ろくな食べ物ないのな。わざわざ材料買ってきてやったんだぞ。」

いすに座《すわ》ってたばこをふかしている男の顔をちらりと見た。何歳《なんさい》くらいなんだろう。三十歳くらい、いやもっと上なのかもしれない。

トーストをかじり、サラダと目玉焼きをかきこんだ。こんなふうに手作りの朝ご飯を食べるなんて久《ひさ》しぶりだったと思う。

「おはよう……。」

ふすま戸がひらいた。母さんが顔だけをだし、台所をのぞいている。

はれぼったい顔をしていた。たぶんおそくまでお酒を飲んでいたのだろう。顔色がよくないし、声も変になっている。

母さんはもともとあまり体が強くない。それに血圧《けつあつ》も低くて朝はいつもぐったりしている。

「母さんはもっとねてていいよ。」そう答えた。「この人がどこか連れていってくれるっていってるから……。」そういえば、母さんも安心するはずだった。

「ユウさん、ごめん。アキトをよろしくね。」

「おう。まかせとけって。」そいつは母さんの方をえらそうにふり返る。いったいこいつは何者なんだろうと思った。母さんはこいつのことを信じているんだろうか。

でかけるとき、そいつは母さんからお金を受け取っていた。いやな気持ちでいっぱいになったけど、ぼくはあとに続いて外にでた。

長いぼさぼさのかみをゆらしながら、男は前を歩いている。背《せ》が高いので歩幅《ほはば》が大きい。ついていくためにぼくはどんどん早足になっていった。そいつは後ろにいるこっちのことは気にもかけていないみたいだった。

とちゅうからバスにのった。ぼくはお金を持っていなかったから不安だった。こんなことならおばさんにもらったお金を持ってきていればよかった。

けれどとなりに座ったそいつが「ほらバス代だ。」と小銭《こぜに》を差しだしたので、少しほっとした。でもすぐに、いやこれはもともと母さんのお金じゃないかと思った。腹立たしさがつのった。

バス停《てい》でおりて美術館まで歩いた。美術館にいくのは考えてみればはじめてだった。というかここにこんな建物があることさえぼくは今まで知らなかった。

けれど、けっきょくなかには入らなかった。そいつは入り口の看板《かんばん》をじっと見ていたかと思うと、

「だめだ、ろくな展示《てんじ》やってない。」といいはなった。そしてあっさりと、「図書館にいこうぜ。ここじゃなくても、あっちで十分まにあう。」とつけたした。

きっと美術館に入らなかったのは、お金がかかると考えたからなのだろう。

なんだよ。こんなことならくるんじゃなかった。ぼくはため息をつきながらもそれでも男のあとについていくしかなかった。

雨がふりそうなどんよりした空だった。風が冷たくて、図書館へと続くくねくね道をふるえながらぼくは歩いた。

たどりついたその図書館には、以前一度だけ入ったことがある。おばさんがやってきたとき、車で連れてきてくれたからだ。けれどぼくは本を読むのが苦手だったのでひどく退《たい》屈《くつ》だったという記憶《きおく》しかなかった。

図書館に入った男はそのまま二階の閲覧室《えつらんしつ》へとあがっていった。それからよせばいいの

に口笛をふきながら、ずらりと並《なら》んでいる本のあいだを進んだ。

そいつはまるで思いついたように分厚《ぶあつ》い本を何冊《なんさつ》か引《ひ》っ張《ぱ》りだし、テーブルの上にどすんと置いた。その場にいた人たちが困《こま》ったようにこっちを見たけど、そいつは気にするそぶりもなかった。

「まあ役に立つのはこのあたりかもな。おれはそのへんぶらぶらしてくるから、おまえは勝手に読んでろよ。」

そういうとぼくを残したまま、男はどこかにいってしまった。たぶんたばこをすいにでもいったのだろう。あんなやつ、もうどうでもいいと思った。

取り残されたぼくは、いすに座り、積み上げられた本のページを仕方なくめくっていった。

どうやら大半が画集で、しかも見たことも聞いたこともない人の絵ばかりだった。これといって興味《きょうみ》はわかなかったし、見れば見るほどどんどん嫌気《いやけ》がさしてきた。

最後にひらいたのは黒い表紙の平べったい本だった。

相当に昔の本らしく、ほこりっぽくてこげたようなにおいがした。どこか覚えのあるにおいに、ああそうだとミイラ男のことを思いだした。

気になって重々しい表紙をめくった。それは画集ではなくて写真集みたいだった。しかも、教会にあるステンドグラスばかりをとった写真集だった。

不思議だった。色ガラスでできた角張った絵ばかりだというのにその本を閉《と》じる気になれなかった。なんだか引きよせられるようにページをめくった。最初から最後まで。そしてまた、最初から最後まで。

こんな感じの絵がかけたらいいなあと思った。かいてみたいとそのときぼくは思った。

けれど、やがて男がもどってきた。

「もういいだろ。昼飯くいにいこうぜ。」

男は見ていた本を取りあげ、テーブルにほうりなげた。そして、「いくぞ。」とさっさと歩きだした。ぼくはテーブルの上の本を急いでたなにもどすと、階段《かいだん》をおりていこうとしている男の背中《せなか》をおいかけた。

図書館下のカフェテリアに男は入り、ぼくも同じようにカウンター席に座った。

「で、絵は決まったのか?」

そいつはふたりぶんのパスタを注文すると、にやつきながらこっちを見た。

「すぐには決まらないよ。」正直に答えた。「それに、かけるかどうかもわからないし……。」だってそれは本当のことだったから。

「つまらないやつだなあ。」男はあきれたようにくちびるをゆがめ、そしてずるずると皿のパスタをすすった。

「あの化け物の絵、おれは面白《おもしろ》かったぞ。あんなのかけるんだから、もっと自信もてよ。」

男がいきなりぼくをはげましたので、ちょっとおどろいた。いやみなことしかいわないやつだと思っていたから。

「で、なんなんだよ、あの化け物？」

男の問いに、教材室にいるミイラ男のことを話してしまおうかと思った。けれどやめた。だってミイラ男のことはぼくだけの秘密《ひみつ》だったから。

男はなにかいいかけたようだった。でもぼくがなにも答えないので、まあいいやという感じですぐに話題を変えた。

「おまえさ、めんどくさい生き方してるんじゃないのか。」

「え？」

「おまえまだガキなんだからさ……。」まるでひとりごとみたいだった。「がまんし過《す》ぎなんだよ……。」

そういったきり、男はなにもいわなかった。ぼくも男もだまったままパスタを食べ、店をでた。しばらくぶらぶらと歩き、知らない店のなかをのぞいたり買いもしないのに商品を手にとったりした。

ぼくはその男にひとつだけたずねてみた。どうしても知りたいと思ったからだ。

「もう絵はかいてないの……？」

男はじろりとぼくを見た。強く舌打《したう》ちすると、

「やっぱりガキだな。絵なんてかいてどうすんだよ。」とはきだすようにいった。そして、不きげんそうにたばこを口にくわえた。

夕方近くになって、またバスにのって商店街の近くのバス停でおりた。

「おまえ、ひとりで帰ってろ。おれはちょっと用があるからさ。」

そういうと男はさっさと道路をわたり、そのまま交差点の向こうに消えていった。いったいどこにいこうとしているのだろう。

あいつはまた家にくるのだろうか。それとも、もうもどってはこないのだろうか。気がつけばそんなことを考えていた。

店のカウンターで男がいった言葉がまだ耳のおくに残っていた。もし父さんがいたとし

たら、あんなふうに話しかけてくれるのだろうか。わからなかった。ぼくにはわからないことばかりだった。

男はけっきょく、その日の夜も、そして日曜日になっても姿《すがた》を見せなかった。けれど母さんは家にいるときはずっとスマホをいじっていたので、もしかしてあいつとまだ連絡《れんらく》をとっているのかもしれなかった。

日曜の夕方から雨がふりだした。

風もでてきたみたいで窓《まど》ガラスががたがたとゆれている。母さんはもう仕事にでかけていた。

ぼくはスケッチブックと鉛筆《えんぴつ》を引っ張りだし、かべにかく絵をまた思いうかべた。図書館で見たステンドグラスが不思議なくらい頭のなかに残っていた。スケッチブックにはミイラ男の絵がいっぱいあったけど、その先のまだなにもかいていないページをひらいて、鉛筆でかきつけていった。

かけるかどうかわからないけど、こんなのどうかなあと線をはしらせた。

たぶん夢中《むちゅう》になっていたからだと思う。気がつけばおそい時間になっていた。もうこれでいいやと布団《ふとん》にもぐりこんだ。

10

朝になっても雨はふっていた。

まだすごくねむたかったけど、なんとか体を起こした。

冷えきった台所にはだれもいなかった。母さんの部屋のふすま戸はあいていて、しきっぱなしの布団《ふとん》が見えている。母さんは帰ってきていなかった。

冷蔵庫《れいぞうこ》のなかに残っていた食パンを食べた。あの日、男が買ってきていたものだった。

あいつがここにいたら、また朝ご飯をつくってくれたのだろうか。ふとばかみたいなことを考えていた。

ひとり学校にでかける準備《じゅんび》をした。そしていつものように、自分のかぎでドアを閉《し》めた。

歩いているだけで足もととか肩《かた》とかランドセルとかけっこうぬれた。安物の小さなかさだったから、雨の日には大体こうなる。

学校について、すぐにくつ下をぬいだ。もうぐっしょりぬれてしまっていたから。昇降《しょうこう》口《ぐち》のすみっこでこっそりしぼって、ぬれたくつといっしょにくつ箱のなかにつっこんだ。はだしで上ばきシューズをはき、なにごともなかったように階段《かいだん》をのぼっていった。

教材室にいってミイラ男と話したかった。

休みのあいだ、おまえはなにをしてたのさ？　そうたずねてみたかったし、ぼくは図書館にいったんだよとか、卒業制作《せいさく》の下絵をかいてみたんだよとか、そんなことも話したかった。

けれどもうぎりぎりの時間だった。あとでいくしかないとあきらめ、教室に向かった。もう少しで朝の会が始まるというのに、教室のなかはみょうに騒《さわ》がしかった。といっても、ぼくはいつも遅《おく》れて学校にきていたので、これがふつうなのかもしれなかった。

席にいくと、ぼくの机《つくえ》の上にくしゃくしゃになったティッシュがのっている。使ったあとのをだれかがぽんと置いたのかもしれない。どこからか笑い声がしたけどふり返らなかった。そんなのもう慣《な》れっこだった。

教務主任《きょうむしゅにん》の先生が教室に入ってきて、あいさつを始めた。そのときになってはじめて、午前中、小川先生がいないことを知った。

ほかのみんなは、朝からそのことを知っていたんだ。教室のなかが騒がしかったのは、だからなんだ。

横腹《よこばら》がちりちりと痛《いた》み、なんだかざわざわした気持ちになった。この前、いやがらせをうけたのも確《たし》か先生が出張《しゅっちょう》していたときだった。でも、今考えると、いやがらせといってもたいしたことなかったし、たぶん今日もなんてことなく終わるのだろうと思った。

一時間目の授業が始まる前に、工藤さんがさっとぼくのそばにやってきた。

「ねえ、壁画《へきが》の下絵は考えてきた？」

早口でそういった。いつもとちがって、まわりにいるみんなのことを気にしているみたいだった。少し不安そうにも見えた。

やっぱり小川先生がいないからなのかもしれない。

「うん。とりあえずだけど、スケッチブックにかいてきたから……。」

そう答えると、彼女《かのじょ》はほっとした表情《ひょうじょう》をうかべた。そして、「あとで見せてね。」といって自分の席にもどっていった。

ぼくを推薦《すいせん》したことが重荷になっているのかもしれない。工藤さんはなにもしなくても目立つ子だった。それなのに、ぼくのことでさらに注目をひいてしまった。きっと、かげでいやなことをいっている子がいるのだろう。

小川先生の授業はそのまま教務主任の先生がしてくれた。といっても勉強についていけないぼくは、ただ時間が過《す》ぎるのを待つという感じだった。

二時間目は理科だったけど、ぼくはみんなとは別の教室にいった。

週に二回ある通級指導《しどう》教室で、その時間にはクラスでのきゅうくつな授業からぬけだせるし、無理な勉強をしなくてもよかった。ぼくにとってほっとする時間だった。

担当《たんとう》している先生はいろいろ代わったけど、今、教えてくれている立花《たちばな》先生はすごく話しやすい先生だった。だからぼくは、苦手な点つなぎや図形模写《もしゃ》の課題をやったあとで、「先生、三階にある教材室って……昔、なんだったんですか？」とたずねてみた。もしかしてミイラ男のことがなにかわかるかと思ったから。

「昔？　先生がこの学校にきたときから教材室だったぞ。」

「そうなんだ……あ、ひょっとしてあそこでなにかあったとか？」

「あったってなんだ？」

「あの……だれか死んじゃったとか……。」

「死んだ？」立花先生はあきれたような顔をした。「そんなわけないだろ。小学校でだれか死んだりしたらそれこそ大事件《だいじけん》だぞ。そんなことあったら、みんな知ってるに決まってるじゃないか。」

「そうなんだ……。」

「まあ、ずっと昔のことは知らないけどな。そうだなあ、図工の庄司《しょうじ》先生なら知ってるかもな。前にもこの小学校で働いていたっていってたからなあ。」

庄司先生というのは、今年転任してきた図工専科《せんか》の先生だった。でも、ぼくはまだ教わったことがなかった。

その先生は病気で長く入院していたらしい。そのせいで体の半分にまひがあって、お話もあんまり上手じゃなかった。

「図工の先生、いつももごもごしてて、なにいってんのかわかんないよね。」いつだったか、下級生の子たちが話していたのを聞いたことがある。

おしゃべりはそこまでで、立花先生は次の課題プリントを用意していた。たぶん低学年くらいで習う漢字のパズル問題で、ぼくはゆっくりゆっくり問題をといていった。

通級指導教室が終わって教室にもどった。ぼくだけがクラスの授業からぬけていたから、教室に入るときにはみんなの視線《しせん》がいっせいに集まる。

でもその日は、視線だけじゃなくて、あの連中のくすくす笑いがひびいていた。なんだかクラスのなかがざわざわしていて、よけいにいやな感じがした。

休み時間に教材室をのぞいてみようと思っていたけど、とてもそんなことはできそうになかった。だって、連中がちらちらとぼくの様子をうかがっていたから。

「下絵を見せてちょうだい。」

もしかしたら、そんな雰囲気《ふんいき》に気づいたのか工藤さんが話しかけてくれた。

「えっと……ちょっと待ってて。」

ぼくは下絵をかいたページだけを切りとって、スケッチブックにはさんでいた。

ほかのページにはミイラ男の絵をかきなぐっていたし、スケッチブックをそのままわたすのはいやだった。ミイラ男の絵を見たら、きっと工藤さんはあきれかえってしまうだろう。

後ろのロッカーにいって、ランドセルをあけた。

「あれ……。」最初は、家に忘《わす》れてきたんだと思った。でもそんなはずはなかった。

だって、学校にでかける前に、スケッチブックをいれたのをはっきり覚えていたから。

じゃあ、どうしたんだろう……。

あわてて教室の前方をふり返った。こっちを見ていた連中のひとりと目が合った。そいつは下絵の係に選ばれていたリーダー格《かく》の子で、ほかの仲間といっしょに黒板の前に集まっていた。

そいつがさっと目をそらした。ぼくは低学年のときから知っているのでわかる。あいつは、なにかごまかそうとするときには、さっきみたいに目を合わせないようにする。

「返せよ！」ぼくは声をあげていた。教室の一番後ろから、教室の一番前にいるそいつに向かって、気がつけば大きな声をあげていた。

いつもおとなしいぼくがさけんだからだと思う。教室のなかは静まりかえった。でもそれもほんの一瞬《いっしゅん》で、

「なにいってんだ。」とか「うるさいんだよ。」とか、ばかにしたり、からかったりする声が教室のなかにとびかかった。

くやしかった。

できるなら連中にとびかかって、思いっきり胸《むな》ぐらをつかみたかった。でも、ぼくにそんなことできるわけがない。なんのとりえもないぼくが、あいつらにかなうわけがなかっ

た。

　もうにらみつけることさえできなかった。体じゅうから力がぬけていくみたいだった。

「まさか、あなたたち、三橋さんの絵をとったの？」

　やりとりを見ていた工藤さんが、連中にかけよった。けれど、いくら彼女が文句《もんく》をいってもききめなんかなかった。

「知るかよ。おまえに関係あるのかよ。」

　連中はそういいはなつと、次の授業のチャイムがなったのをいいことに、さっさと自分たちの席にもどっていった。

　立ちつくす工藤さんの後ろで、女子たちが肩をすくめたり目配せしたりしている。ああいけないと思った。やっぱりぼくのことで、工藤さんはみんなからへんな目で見られてしまっている。

　ぼくはだまったまま、自分の席にもどった。そして、今までもそうしていたようになにごともなかったような感じで授業が始まるのを待った。

　やがて工藤さんも自分の席にもどった。しばらくすると、なにも知らない教務主任の先生が入ってきて、三時間目の授業が始まった。

雨が教室の窓《まど》にぶつかっている。先生の声は雨音にかき消されてもうぼくの耳には届《とど》かなかった。

その代わりに、あいつのうなり声が耳のおくでひびき始めた。あいつはあのうす暗い教材室でしきりにうなり続けている。ひどくおこっているようだった。だとしたら、きっとそれはぼくに対してなのだろう……。

さがさなくてはと思った。あのスケッチブックを見つけて、なんとかして取りもどさなくてはいけない。あきらめてはいられない。このままにしていていいわけがない。

午前中の授業が終わって給食になった。いつもだったら食べることだけに夢中《むちゅう》になっていたけど、ぼくは教室のあちこちに目をはしらせた。スケッチブックがどこかにあるかもしれなかったから。

工藤さんもさがしてくれていた。後ろのロッカーとか掃除《そうじ》用具入れとか、それだけでなく、しゃがみこんであいつらの机のなかものぞきこんでいた。

そんな工藤さんのことを連中は見て見ぬふりをしていた。そのくせ面白《おもしろ》くてたまらないというようににやついている。

給食が終わって昼休みになった。ぼくは教室の外をさがした。廊下《ろうか》を歩き回った。あちこちに置いてあるゴミ箱のなかものぞいた。また雨が強くなってきた。横なぐりの雨が窓ガラスにはげしくぶつかっている。

そのときぼくはようやく見つけた。窓の外だった。黒とオレンジの表紙が目にとびこんできた。

ひどすぎる。こんなひどいことをするなんて。こんなのあんまりだと思った。

ぼくのスケッチブックは、泥水《どろみず》だらけの溝《みぞ》のなかに投《な》げ捨《す》てられていた。

一階にかけおりて、そのまま外にとびだした。雨がふきつけてきたけど、そんなこともうどうでもよかった。ぼくは泥水のなかからスケッチブックを引《ひ》っ張《ぱ》りあげた。

ぼろぼろになっていた。中身はひきちぎられ、あちこちに散らばっている。ひざまずき、破《やぶ》り捨《す》てられた画用紙を懸命《けんめい》に拾い集めた。だってそこにはミイラ男の姿《すがた》がたくさんかかれていたから。

また耳のおくでうなり声が聞こえた。あいつの声にちがいない。きっとそうだとぼくは思った。

11

教室にはもどりたくなかった。

そのまま階段《かいだん》をかけのぼり、教材室のとびらを引きあけた。

うす暗い場所に入ったとたん、自分の体がとけていくみたいに感じた。この部屋にずっといようと思った。もうみんながいるところへなんかもどりたくなかった。

冷えきった足先をふみしめながらおくへおくへと進んだ。息をはき、力つきたみたいにうずくまった。目の前にはやっぱりミイラ男がいて、数日前と同じように座《すわ》っている。そしてこっちをじっと見ている。

こいつはぼくになにが起こったのかをきっと知っているのだろう。ぜったいそうなんだろうなと思った。こいつは、ミイラ男は、不思議な力をもっていていろんなことを感じ取っているのかもしれない。

ぼろぼろになったスケッチブックが手からすべりおちた。

にぶい音をたててほこりだらけのゆかに落ちた。破《やぶ》られてばらばらになった絵がまわりにとびちった。一生懸命《いっしょうけんめい》にぼくがかいた絵はもう泥《どろ》だらけで、どうしようもないくらいによごれきっている。

ミイラ男の目がゆっくりとその絵へと動いた。その視線《しせん》はそれからまたぼくの顔へと、はうようにのぼってきた。じっと見つめている。なにかをぼくにうったえているみたいだった。

「ごめん……ひどすぎるよね。」

そういうのが精一杯《せいいっぱい》だった。ミイラ男のうすいくちびるがつりあがった。

《くやしいのか……。》

かすれた声が聞こえた。

《だから、ここにきたのか？》

「ぼくは……。」

言葉につまった。そう問いかけられてはじめてわれに返ったような気がした。

どうしてなんだろう。わからなかった。連中にひどいことをされて、くやしくて悲しくて、だからぼくはここにきたんだろうか。

ただこの場所が頭にうかんだからだ。ここの暗がりが頭のなかにあたりまえのようにうかんだからだ。

「もういいやって、思ったのかもしれない……。」気がつけばそう答えていた。「いつもこうなんだって、だから……。」

ミイラ男の落ちくぼんだ目がじっとぼくを見ている。こいつが次になにをいおうとしているのか、なぜだかぼくにはわかった。

《だから、にげてきたのか？》

低いかすれ声は、暗がりにうずくまるぼくの胸《むね》につきささった。

「そうじゃないよ。だって、ぼくは勉強も運動もできないし……あいつらにかなうわけがないんだよ。」早口でいい返した。「あいつらはさ、またひどいことするに決まってるんだ。だから、もどりたくなかったんだ。それだけなんだよ……。」

正直な気持ちだった。悲しいとかくやしいとかそんなことじゃない。そんなのにはもう慣《な》れっこだった。

「またひどいことされるってわかっているのに、それなのにのこのこでていくなんて、そんなのおかしいよ……。」

ミイラ男はじっと見ている。ぼくは続けた。

「そんなことするくらいなら、もういなくなった方がいいんだ。その方がいいんだよ。なんだったら、このまま学校をぬけだして、家に帰ったっていいんだよ……。」

あっと思った。だらしなく座りこんでいたミイラ男が、肩《かた》をゆらしたかと思うと左うでをもちあげ、ぼくに片手《かたて》を差しだしている。まるで、ぼくの手をとろうとでもするみたいに。

なにをしたいんだろう。ぼくはこしをうかし、ひざ立ちになった。そして差しだされたあいつの指先に向かって手をのばした。

いきなりだった。ミイラ男はぼくの手をぎゅっとつかんだ。とげがささったみたいなちくりとする痛《いた》みがはしった。あわててふりほどこうとした。けれど、細くひからびたうでだというのにおしのけることもできなかった。

《ここにずっといたいのか……？》

声が耳元にひびいた。とたん背筋《せすじ》がぞくりとした。

間近でミイラ男の顔を見た。くちびるがつりあがった。そのくちびるのおくにとがった黒いきばが見えた。

今にも、ぼくの首元にくいついてきそうに思えた。悲鳴をあげそうになった。

《でていけ……。》

ミイラ男はいった。いかりがこもった声だった。目のおくに黄色い光がまたたいて見えた。

《おまえの場所にもどれ……。》

いつのまにか部屋の明かりがともっている。だれかがこの部屋の電気をつけたことに気がついた。そしてぼくはつかまれていた手をようやくふりほどいた。しりもちをつくように後ずさりした。

「三橋さんいるんでしょ？　ねえ、ここにいるんでしょ？」

工藤さんの声がひびいた。天井《てんじょう》の明かりがちかちかとゆれている。足音がこっちに近づいてくる。

ぼくの顔をじっと見ていたミイラ男は、なにごともなかったかのように深く目を閉《と》じた。

「ああ、やっぱりいた！」

工藤さんはぼくにかけよってきた。

「もう心配ないよ。小川先生、もう教室にきてたよ。いこうよ。だって五時間目が始まるから。」

五時間目は学活で、壁画《へきが》の下絵を決めることになっていた。でもぼくにはもう関係ないことだった。かいてきたあの下絵はどこにもなかったから。

ぼくが拾いあげたのはミイラ男の絵だけで、あの下絵はきっとびりびりに破られ、どこか別のところに捨《す》て去《さ》られたのだろう。

「絵のことは、もういいから。気にしなくっていいから。三橋さんががんばったってことわたし知ってるし……。」

なんて優《やさ》しいのだろう。だって下絵の係にぼくを選んでくれたのは工藤さんで、そのせいで、みんなからいやな目で見られていたのに、つらいことをいわれていたのに……。

それなのに工藤さんは、もういいからとぼくにいってくれている。

「ごめん……。」

そんなことしかいえなかった。工藤さんは手をのばし、ぼくのうでをつかんだ。そして、「ほら。」といいながら、ぐっと引き起こしてくれた。

うずくまっていたはずなのに、ぼくは立ちあがっていた。彼女《かのじょ》の力はミイラ男にくらべるとぜんぜんだったけど、ぼくを軽々と引き起こした。

「いこう。」

笑いながら工藤さんがいった。そうだよね。いかなきゃだよね。そう思った。目を閉じていたはずのミイラ男がまたこっちを見ていることに気がついた。

「わかったよ。」ぼくはいった。ミイラ男に話しかけた。「おまえがいった通りだよ……。」

横にいた工藤さんがおどろいたように首をひねっている。

「え？　だれに話しているの？」そして、そばに落ちているどろだらけの絵を拾いあげた。「これって、なんなの？」

不思議そうな表情《ひょうじょう》でぼくを見ている。答えようもなかった。なにをどう話しても、工藤さんにわかってもらえるとは思えなかった。だって、彼女はすぐ後ろにいるミイラ男に気づいてさえいないのだから。

「いってくるよ。」

もう一度、ミイラ男に声をかけた。そいつはなにごともなかったみたいに、また目を閉じた。

それからぼくは、工藤さんといっしょに教材室から廊下《ろうか》にでた。五時間目が始まるチャイムの音がちょうど聞こえた。

12

教室に入ると、みんなもう席についていて、いっせいにぼくの方をふり返った。

先に入っていった工藤さんは、視線《しせん》なんか気にするそぶりもなく自分の席へと向かっている。

あの連中がこっちを見ていることに気がついた。にやにや笑っている。ちょっとだけ立ち止まったけど、ぼくは目をそらさなかったし、下も向かなかった。

連中の顔をじっと見返した。むっとした表情《ひょうじょう》をうかべているのがわかった。かまわずぼくはいすに座《すわ》った。

「よーし、これで全員そろったな。」

小川先生はなにごともなかったようにうなずくと、すぐに机《つくえ》をならべかえるように声をかけた。みんなでいつものように座り直した。

卒業制作《せいさく》委員会の子たちが前にでて話し合いを始めた。もちろん工藤さんもそこにいたけど、司会役は別の子で、彼女《かのじょ》はすみの方に静かに座っていた。

「じゃあ、今から、下絵を発表してもらいたいと思います。」

司会役の子がそういい、下絵を考えてきた子たちが順番に発表していった。

発表する子たちは自分がかいてきた絵を手にしている。その絵をみんなに見せながら、楽しげに説明している。

さすがに絵に自信のある子たちばっかりで、かわいい動物の絵や有名なテレビアニメの絵、カラフルな花々がゆれながら歌っている絵もあった。

絵を見たクラスのみんなは「わー。」と歓声《かんせい》をあげたり、「かわいいー。」とか「きれいねえ。」とか口々に感想をもらしたりしている。

「えっと、おれが考えたのはこれです……。」

連中のなかでもリーダー格《かく》のあいつが前に立った。そして、画用紙にかいた絵をみんなに広げて見せた。サッカー選手がシュートを決めている絵だった。あいつがサッカーが得《とく》意《い》なことを知っていたし、なるほどなあと思った。

がまんしていた不安がいつものようにこみあげてきた。

サボったり忘《わす》れたりしたわけじゃない。自分なりにちゃんと考えてきたし、下絵だってかいてきた。けれど今はその絵が見つからない。どこかにいってしまった。だからもうぼくにはお手あげで、これ以上どうしようもなかった。

連中の方を見た。いやがらせをしたのはあいつらに決まっていた。だけどぼくがいくらそういってもみんなは信じてくれない。だってぼくはこのクラスにいてもいなくても、どちらでもいいやつなのだから。

いつも休んでばかりだし、係の仕事もしていない。先生との約束も破《やぶ》ってばかりだし、ずるくてひきょうなのはまちがいなくぼくの方なんだろう。

「三橋さん、下絵を発表してください。」

司会の子がついにそういった。立ちあがることができず、ぼくは座ったままだった。

「きみが最後なんだから、はやく発表してください。」

司会の子がおこったようにさいそくした。まわりの子たちがいっせいにぼくの方を見ている。

「はやくしろよ。」

「なにやってんだよ。」不満いっぱいの声があちこちからあがった。

「どうせあいつ、考えてこなかったんだよ。」連中のなかのひとりがぼそりといった。小さな声だったけど、その声は教室じゅうにひびいた。

「ちょっと待ってください。」

工藤さんだった。

真っ赤な顔でクラスのみんなを見ている。連中がぼくの絵をとったと、みんなに話そうとしている。最初からそのつもりだったんだ。

だからさっき教材室で、絵のことはもういいといったのだろう。この場で彼女は連中のことを追及《ついきゅう》するつもりなのだろう。

でもそんなことはよくない。そんなことしてもなんにもならない。またみんなに文句《もんく》をいわれたりいやがられたりする。きっとそうなる。だってあの連中は知らないふりをするにきまっているから。

授業《じゅぎょう》で問題をあてられたとき、ぼくはこうやってなにも答えずにただじっとしている。そうしたら、先生はすぐにあきらめて、ほかの子をあてる。「あーあ。」とか「なんだよ。」とかぼそぼそいう子もいるけど、それはそれですぐに終わってしまう。

今だってそうだ。もうちょっとしたら、みんなあきらめて、ぼくのことは放っておいてくれるはずだった。

手のひらが急にずきんと痛《いた》んだ。さっきミイラ男にぎゅっとつかまれたところだ。あいつのくちびるのおくに見えたとがった黒いきばが頭をよぎった。あいつがいった言葉が耳のおくにひびいたように感じた。

「あ、あの……。」

ぼくは立ちあがっていた。工藤さんはいいかけた言葉をのみこみ、おどろいた顔でこっちを見ている。でもたぶん、もっとおどろいているのはぼく自身だった。

「下絵……考えてきました……。」そうぼくははっきり口にした。いいながら息がとまるくらいに胸《むね》がどきどきしていることに気づいた。

「でも、下絵がなくなってしまって……。」ふるえる声でそういうと、

「ほら見ろ！」という強い声とからかうような笑い声が起こった。

「だから、今からかきます……。」

ぼくは歩きだした。みんなはあっけにとられた顔をしている。

委員会の子たちのあいだをぬけて、ぼくは黒板の前へと進みでた。そして、そこにあった白チョークをつまみあげた。

連中がなにかをいっていたけど、もうぼくの耳には入らなかった。小川先生が片手《かたて》をあげたのがちらりと見えた。先生はみんなにだまりなさいと注意したのだと思う。

大きく息をはき、そしてすいこんだ。

そんなことがぼくにできるかどうかわからなかった。

あのときスケッチブックにどんな絵をかいていたのだろう。

思いだそうとしてもなにも思いだせなかった。でもその代わりに、図書館で見たステンドグラスの写真がいくつもいくつも頭にうかんだ。暗い教会のなかから見あげるようにしてとった写真。そのステンドグラスには外から光がさしこんでいて、息をのむくらいに美しい絵をつくりあげていた。

ああ、やっぱりいいなあと思った。運動場のかべにあんな絵をかけたらいいだろうなあ。きっとみんな喜《よろこ》ぶと思うし、思い出になるだろうなあ。

チョークを持った片手を大きく動かした。

そうだよ。せっかくなんだから、黒板いっぱいにかいてみよう。そう決めたら心のおくがとつぜんわくわくしてきた。

ここが教室だとか、みんなが後ろで見ているとか、そんなこともうどうでもよくなった。そんなのぼくにはぜんぜん関係ないことで、ぼくはかきたいものをここにかけばいいんだ。そのためにここにいるんだと思った。

チョークをさっと動かして、丸い線と角張《かくば》った線、そしてななめの線をどんどんかいていった。力をいれるたびにチョークの粉《こな》が散った。

女の人の波打ったやわらかそうなかみの毛。

それから笑っているまゆとまぶたと、くちびるをかいた。ちょっと角張っているけど、でもステンドグラスみたいでまあいいかもなあと思った。

白いチョークだからわからないけど、きっとこの人のドレスは落ち着いた赤むらさき色で、冷たい風のなかでもあたたかいはずだった。

その人は胸の前で小さな子をだきしめている。

毛布《もうふ》を体にまきつけている幼《おさな》い、小さな子ども。男の子か女の子かそんなのはわからない。赤ちゃんなのかそれとももうおしゃべりができるくらいなのか、それもよくわからない。だってその子はじっと目を閉《と》じているから。

思ったようにはうまくかけない。気づいたらさびしそうで悲しげな表情になっている。

いやそうじゃないはずなんだ。この子はだきしめられているそのぬくもりのなかで、静かに寝息《ねいき》をたてているはずなんだ。どうしてこんなに切なそうな苦しそうな表情をしているのだろう。

でも今こうやってかいた線を消したくはなかった。そうしたら全部が台無しになるような気がした。手をとめたいとは思わなかった。ただ祈《いの》るような気持ちで白い線をかきこんでいった。

光が、あたたかい光がさしこんでいる。うっすらと窓《まど》をかき、そこから入りこむ光を線でかいた。ふたりは今、うす暗くてそまつな場所にいるのかもしれない。けれどそんなふたりのところに光がさそうとしている。

黒板いっぱいに白い線がおどっている。ぼくがかいた線がようやくひとつの絵になっていく。ぼくはチョークを置いた。そしてちょっとだけ後ろにさがって、黒板を見た。

最初からこんな絵をかきたかったのだろうか。

下絵はなくなっていたし、自分でもよくわからなかった。ただ、これでいいやと思った。ぼくがかきなぐった白い線が、いつもの教室のいつもの黒板にこうやって、長い長い物語の一場面みたいな絵をつくりだしている。

教室のなかはしんとしている。夢中《むちゅう》になってかきなぐっていたぼくは、今が学活の最中だということを思いだした。みんなはぼくの後ろに座っていて、ぼくのことをじっと見ていたはずだ。

われに返り、後ろをふり返った。どの子もあぜんとした様子でぼくの方を見ている。ああ、またひどい文句をいわれるのだろうとため息をついた。

小さな声がどこからかもれた。窓ぎわに座っている女の子だった。なんていったのかよく聞こえなかった。別の子の声が聞こえた。だけど今度はわかった。その子はびっくりした表情で、「すごいね……。」といった。

その言葉は悪口なんかじゃなくて、そのまったく逆《ぎゃく》で、ぼくの絵をほめてくれていた。うそみたいだと思った。ぼくがほめられるなんて、そんなことがあるなんて……。

「三橋さんの絵、とってもいいと思います。」

工藤さんがはっきりとした口調でいった。たくさんのクラスメートたちがうなずいている。ぼくはその場に立ちつくしていて、動けずにいた。

「あなたたちもそう思わない？」続けて工藤さんはいった。みんなの視線が連中の方に集まった。連中は困《こま》ったように顔を見合わせ、リーダー格のあいつの方をちらりと見た。

あいつはこくりとうなずいた。そして、

「いいと思う……。」とつぶやくようにいった。

おどろいた。あいつがこんなことをいうなんて考えたこともなかった。だって、あいつはぼくのことがきらいできらいで仕方ないと思っていたから……。

司会の子がまた話し合いを進め、卒業制作の壁画《へきが》はぼくの下絵を使うことに決まった。

13

まさかこんなことになるなんて……。

自分の席にもどったぼくは、大きく息をはいた。立ちあがった小川先生がデジカメを持ちだして、黒板にかいたぼくの絵を写真にとっている。なんだか夢《ゆめ》を見ているような気分だった。

こうやって自分の席から見ると、すごい絵でもなんでもなかった。写真集にのっていたあのステンドグラスの絵には遠くおよばないそまつなものだった。ただ、胸《むね》にだかれている子の口元にやわらかな笑《え》みがうかんでいて、ああそこだけはなんとかかけたかなあと思った。

授業《じゅぎょう》が終わり、帰りの会が始まった。そのとき、とつぜん変な感覚におそわれた。

ぼくはいすに座《すわ》っているというのに、別のだれかの体になったような感じがした。足を引《ひ》き寄《よ》せ、片《かた》ひざをついているような気がした。

それですぐにわかった。

これはミイラ男のものにちがいなかった。三階の教材室にいるミイラ男が、ゆかをふみつけながら立ちあがろうとしている。なぜだかわからないけど、そのときのぼくはそのことをはっきりと感じていた。

今までずっとあの場所に座っていたのに……。いったいなにをしようとしているのだろう？

そんなまさかと思った。もしかして、ミイラ男はどこかにいこうとしているのかもしれない。姿《すがた》を消そうとしているのかもしれない。

ミイラ男は太ももと足先に力をいれた。ふらつきながら立ちあがり、うす暗い部屋のなかを見回している。それから足を前にだした。

待ってよ、待って。いかないでよ。そうさけびそうになった。

どうしてだよ。どこにいくんだよ。ぞくぞくするような不安がのど元にせりあがってきた。

はやくいかなきゃと思った。はやく教材室にいってミイラ男をとめなきゃ。そうしなければどこかにいってしまう。いなくなってしまう。

ようやく帰りの会が終わった。工藤さんがそばにやってきてなにか話しかけてきたけど、それどころではなかった。ただ聞き流すことしかできなかった。

ぼくはみんなをかきわけるようにして廊下《ろうか》にでた。そして三階への階段《かいだん》をかけのぼった。

教材室のとびらを引きあけた。いつものように変なにおいが鼻をつく。けれどそんなのもうどうでもいい。かまわず部屋のおくへと急いだ。

「いるの？　いるのかいミイラ男……。」

足の力が急にぬけてしまったみたいだった。ぼくはゆか板の上にぺたんと座りこんだ。

かすれた息づかいが聞こえている。

ミイラ男はちゃんとそこにいた。ゆか板に座り、なにやっているんだというような表情《ひょうじょう》でぼくの方を見ていた。

「よかった……。」自分の声がふるえていることに気づいた。「ぼく、おまえがいなくなったって思ったんだ。そんな気がしたんだ。」

ミイラ男の目のおくでなにかが光ったように見えた。

「いかないでよ。ここにいてよ。ぼくはさ、おまえにもっとここにいてほしいんだよ。」

そういった。ミイラ男はわずかに首をかしげている。

「ぼくね、みんなの前で絵をかいたんだよ。かけるかどうかぜんぜん自信なかったけど、がんばってかいたんだよ……。」

そのときになってようやく、どうしようもないくらいの喜《よろこ》びがこみあげてきた。

「それでね、ぼくの絵が選ばれたんだよ。たくさんの子がすごくいいっていってくれたんだよ。」うれしくてうれしくて、しだいに声が大きくなった。「いやがらせばかりしてた連中もぼくの絵をほめてくれたんだ。めずらしいよ。あいつらがそんなことをいうなんて。」

ミイラ男のくちびるがいつものように動き、

《どんな絵だ……。》

そうぼくにたずねた。

「えっとね……。」ちょっとだけ悩《なや》んだ。どう説明したらいいのだろう。だってチョークを動かしているうちにどんどん形になっていった絵だったから。

「幸せそうな絵なんだよ。なんだかほっとするような、そんな感じの絵……。」

《そうか……。》

ミイラ男が声をもらしたとき、

「ねえ、三橋さん、いったいだれと話しているの？」かんだかい声がひびき、工藤さんが息を切らすようにして姿を見せた。

いつのまにか彼女《かのじょ》は教材室のなかへと入ってきていた。教室からぼくのあとを追いかけてきたのだろう。

「もしかして、この絵となにか関係があるの？」

いつのまにか工藤さんは、ぼくがかいたミイラ男の絵を持っている。よごれたスケッチブックといっしょにここに置いたままにしていた絵だった。

「この人ってだれなの？」指先が絵のなかのミイラ男をさしている。「まさかこの人と話してるんじゃないわよね。」

「えっ……。」

言葉につまった。どう答えたらいいのだろう。できたらうそはつきたくなかった。だって工藤さんにはたくさん助けてもらってきたから。

「おまえのこと話してもいいかい。ここにいるって工藤さんに話してもいい？」

ミイラ男に向かってたずねた。

《好きにしろ……。》

そうミイラ男が答えたとたん、工藤さんがはっとしたような顔でぼくを見た。

「好きにしろ？　それってどういうこと？」

えっと思った。びっくりした。

「じゃあ工藤さんにも声が聞こえたの？　ミイラ男がいったのが聞こえたの？」

「聞こえたけど……でもミイラ男っていったいなんなの？　そんなのどこにもいないのに……。」

ということは、工藤さんにはミイラ男の声は聞こえるけど、その姿は見えていないということになる。そんなことってあるんだろうか……。

気がつけば、ミイラ男が工藤さんの方をじっと見つめている。そして、
《だれだそいつは？》とかすれた声をあげた。

やっぱり工藤さんにはその声が聞こえているみたいだった。おどろきに彼女の肩《かた》がびくっと動いた。

「彼女はね、工藤さんといってぼくのクラスメートなんだよ。」

ぼくが答えると、ミイラ男は、
《そうか……。》とつぶやき、また目を閉《と》じた。

「どういうことなの？」

工藤さんはぼくをにらみつけている。

どうしようかと思った。

でもぼくは決心した。声が聞こえるのだからもうよけいな心配はいらない。ちゃんと話せばわかってくれると思った。ミイラ男のことを話してしまおう。

「わかったよ。工藤さんには全部話すよ。だから、おどろかないで聞いてほしいんだ。」

ぼくはミイラ男とこの場所で出会ったこと、そしていろんなやりとりをしてきたことを話した。

それだけじゃない。まだ姿を見ることができない工藤さんに、あいつが今どこに座っているのかとか、どんな姿をしているのかとか、ぼくなりに一生懸命《いっしょうけんめい》に説明した。

ミイラ男はじっと目を閉じている。だけどぼくは、あいつがぼくの話に耳をすましていることがなぜだかわかった。

「じゃあ、三橋さんはミイラ男という人とずっとここで会ってて、友だちみたいにお話もしてたってことなの……？」

ぼくはこくりとうなずいた。

工藤さんはそれでもまだ信じられないという感じだった。けれどなにか思うところがあるのか、手にしているミイラ男の絵をまた指さした。

「わたし、似《に》ている絵を見たことがあるの。」

「え、ほんと？」

「ほんとよ。わたしが見た絵のなかにも、これとよく似た人がかいてあった。気味悪かったからよく覚えてるの。」

おどろいた。ということはつまり、別のだれかがミイラ男と会って絵をかいたということなんだろうか。いったいだれが……それにどこで会ったんだろう？

胸がどきどきしてきた。もしそれがわかれば、ミイラ男の秘密《ひみつ》みたいなことがわかるかもしれない……。

どうしてこいつがここにいるのかとか、なぜぼくにだけ見えるのかとか、そんなことがわかるかもしれない……。

「教えてよ、その絵ってどこで見たの？」

ぼくの問いかけに、工藤さんはすぐに答えてくれた。それはぼくも知っている場所だった。

彼女がミイラ男の絵を見たのは、この学校のなか、一階の図工準備室《じゅんびしつ》だった。

14

図工準備室《じゅんびしつ》はもちろん図工室のとなりにある部屋で、授業《じゅぎょう》で使ういろんな道具や材料が置いてある場所だ。ぼくも道具を取りになんどか入ったことがある。

「三橋さんは見たことない？　かべのところにかかっていたんだけど。」

工藤さんはそういった。そういえば目にしたような気もするけど、はっきりとは覚えていない。

「それ、いつごろの話？」

「今年の夏くらいかな……。」

「ずっと前とかじゃなくて？」しつこくぼくはたずねた。

「まちがいないよ。だって、今年やってきた庄司先生が部屋にいたから……。」

庄司先生……。そういえば、通級の立花先生も庄司先生のことを話していたっけ……。

庄司先生は図工専科《せんか》の先生だった。けれど、うちのクラスの図工は小川先生が教えてくれている。だからぼくは、庄司先生と直接《ちょくせつ》話したことはなかった。

先生は昔、病気で頭のなかの手術《しゅじゅつ》をしたらしい。だからいつもつえを使って歩いていたし、話し方も変だった。残っているかみの毛は全部まっ白で、たぶんこの学校でも一番のおじいさん先生のはずだった。

話を聞いたぼくは、すぐに準備室にいってみようと思った。でも工藤さんが、

「あの先生、火曜と金曜しかこないから。」と教えてくれた。先生がいないときはいつもかぎがかかっていたのであきらめるしかなかった。

下絵に選ばれたこととか、ミイラ男のこととか、工藤さんに話してしまったこととか、いろんなことがあって、ぼくの頭のなかはごちゃごちゃになっていた。

だから、ぜんぜんうまく考えることができなかった。ぼくはいつもそうだった。ほかの子みたいにできたらなあ。もっと頭がよければよかったのに……。

工藤さんは「図書室にいくから。」とすぐにいなくなった。だから教材室をでたぼくは、いつものようにひとりで家に帰った。

アパートにはもちろん自分でかぎをあけて入った。

なかは空っぽで、あいかわらず冷えきっている。母さんはいない。もう仕事にいったのか、それともどこかにでかけているのか、ぼくにはわからなかった。

がっかりしたのは、テーブルの上に五百円玉がなかったこと。今日の母さんはそれどころじゃなかったのだろう。

ぼくの下絵が選ばれたことを話して聞かせたかった。そしたら喜《よろこ》んでくれて、自慢《じまん》にもなったと思う。

「やっぱり父さんの子ね……。」そういってくれたかもしれない。

自分の部屋の机《つくえ》のひきだしをあけた。そして下のひきだしの一番おくにいれていた紙袋《かみぶくろ》を引《ひ》っ張《ぱ》りだした。おばさんからもらったお金をいれていた袋で、まだ二千円くらいは残っていたと思う。

おばさんは秋にこのアパートにやってきた。

母さんといろいろ話していたけど、最後には母さんがすごくおこりだして、おばさんはため息をつきながら帰っていった。でも帰るときにおばさんは、母さんの目をぬすむようにしてぼくに五千円札をわたし、

「これ、アキちゃんのおこづかいにしなさいね……。なにかあったらいつでも連絡《れんらく》するの

よ。」といった。

紙袋のなかからお金を引っ張りだした。ちょっとずつ使わなきゃいけないから、三百円だけにした。

とりあえずなにか食べようと、いつものコンビニでメロンパンと、マーガリンとジャムの入った菓子《かし》パンを買った。

台所のテーブルですぐにむしゃむしゃと食べてしまった。それからあとは部屋から持ってきた毛布《もうふ》を座《すわ》ったまま体にまきつけた。

部屋の明かりはつけなかったし、テレビも見なかった。

「電気がついているといやな人がくるから。」母さんがいっていたことを思いだした。

どちらにしても、ぼくは家ですることはなかったし、ただいろんなことを考えながらぼうっと過《す》ごすだけだった。

しばらくしたらやっぱりねむくなってきて、ぼくは自分の部屋にいき、ベッドの布団《ふとん》のなかにもぐりこんだ。横腹《よこばら》がずっとちくちくしていたけど、体を丸めていればよくなるはずだった。

その日の夜、おそい時間だった。

騒々《そうぞう》しい音とにぎやかな笑い声がひびき、ぼくははっと目を覚ました。部屋のふすま戸がひらき、まぶしい明かりがさしこんだ。

「おお悪い悪い、起こしちゃったな。」そこにはあの男が立っていた。お酒とたばこのにおいがした。

「ごめんねアキト、ねてたのにねえ。」

母さんも横から顔をだした。うれしそうに笑っている。

「ねえ、ケーキ買ってきたんだけど、いっしょに食べない？」

母さんは酔《よ》っているみたいだ。仕事帰りなのかもしれない。それとも男といっしょにどこかにでかけていたのだろうか。

「あしたも学校だから……。」

ぼくが答えると、

「なんだ、相変わらずまじめだなあ。」と男が笑い、母さんは優《やさ》しく「おやすみなさいね。」といいながらふすま戸を閉《し》めた。

ふたりはそのあともずっと台所でおしゃべりをしていた。またお酒を飲んでいるようだった。うるさかったけど、母さんの笑い声は明るくて楽しそうだった。

いなくなったのに、またやってくるなんて、あの男はなにを考えているのだろう。母さんのことが本当に好きなんだろうか。ここにずっといるつもりなんだろうか。

ぼくはしだいしだいにねむりに落ちていった。台所の声はまだ聞こえていたけど耳はおさえずにすんだ。

もしかしたらと思っていた。もしかしたら、これからいろんなことが変わっていくのかもしれない。

下絵がクラスのみんなから選ばれたみたいに、悪いことじゃなくて、なにかいいことがちょっとずつちょっとずつ始まっていくのかも……。

ミイラ男の顔がうかんだ。やっぱりあいつは不思議な力をもっていて、ぼくのまわりのいろんなことを変えようとしているのかもしれない……。

ミイラ男のうすいくちびるが動いている。なにかをいおうとしているみたいだ……。でも聞こえなかった。ぼくはとうとうねむってしまっていた。

新しい朝がきた。

ぼくは遅刻《ちこく》なんかせずに、ちゃんと学校にいくことができた。

起きたとき、台所は空《あ》き缶《かん》とか飲みかけのコップとかが置いたままになっていて、テーブルの上も流しも散らかったままだった。

でも、母さんの部屋のふすま戸が半分あいていて、布団のなかで寝息《ねいき》をたてている母さんとそして男の姿《すがた》が見えた。よかった。母さんは家にいる。どこにもいっていない。気持ちよさそうに自分の部屋でねむっている。

だからぼくは、ふたりを起こさないように静かに用意をして、そっとドアを閉めて、学校へとでかけた。

雨はやんでいて、気持ちのいい朝だった。

寒かったけど、きのうほどじゃない。すごく晴れてなんかいないけど、水たまりもなくなっていて、早足で歩くことができた。

教室に入ると、いつものようにみんながぼくのことをちらりとふり返った。でも、今まではちょっとだけちがっていて、からかうような笑い声は聞こえなかった。

ランドセルをロッカーにいれるとき、あいつとすれちがった。あいつはぼくと目が合うと、小さく舌打《したう》ちをした。

「あのさ……。」ぼくは呼《よ》びとめていた。「くそっ、なんだよ。」立ち止まったあいつはぼくをにらみつけた。

「あのころずっと遊んでてさ、ぼくは楽しかったんだよね。」

あのころでちゃんと伝わっていた。あいつと同じクラスだったのは二年生のときで、いっしょに通級指導《しどう》教室にいったり、帰りに寄《よ》り道《みち》をしたりしていた。

あいつにとっては、思いだしたくないことかもしれないけど、ぼくにとっては、あんまりたくさんもっていない楽しい記憶《きおく》のひとつだった。

「そんなの知るかよ。」

そういうとあいつはさっさと向こうにいってしまった。でもぼくにとってはようやく、なにかがすっきりした感じがした。

中休みの時間に教材室にでかけた。そして、ミイラ男の前に座りこんだ。

相変わらず不気味だったけど、なんだかいつもとちがって見えた。よくわからないけど、もっている力のようなものが伝わってくるようだった。

ぼくはミイラ男に話しかけた。うすく目をひらき、ぼくを見ていた。

「あのさ、もしかしたら、おまえの秘密《ひみつ》がわかるかもしれないよ。」

《ひみつ……。》

「うん。あのね、おまえをかいた絵があるらしいんだ。ぼくじゃなくて、別のだれかがかいたと思うんだけどね。」

「そうなんだ。だからさ、いろいろたずねてみるからさ……。」

《だれかが……。》

とびらがひらく音がした。ミイラ男がくちびるを閉《と》じたとき、本だなを回りこむようにしてまた工藤さんが姿を見せた。

「ああ、やっぱりここにいた……。」

そういいながらきょろきょろとあたりを見回した。思った通り、彼女《かのじょ》にはミイラ男の姿は見えていない。すぐそこにいるというのに……。

「また、おしゃべりしてたの?」

たぶん話し声が聞こえたのだろう。工藤さんは最初少しおどおどしていた。でもすぐにいつもの感じで話しだした。

「あのね、さっき見にいったらね、庄司先生、ちゃんと学校にきていたよ。お話がありますっていったら、先生、放課後においでねっていってくれたの。」

「放課後に?」

「そうよ。いくよね?」

すぐにうなずいた。だってミイラ男の秘密がわかるかもしれなかったから。そう思うだけで胸《むね》がどきどきしてきた。

ミイラ男はなにごともなかったように、ただ目を閉じている。いったいなにを考えているのだろう。そのとき、急に横腹に痛《いた》みがはしった。「うっ。」と声をもらして顔をしかめてしまった。

「え、どうしたの？」工藤さんが心配そうにぼくをのぞきこんでいる。

「たいしたことないよ……いつものことだから。」

そう答えたけど工藤さんは、それでもまだぼくの顔をじっとのぞきこんでいた。

15

図工準備室《じゅんびしつ》はどこかうす暗く、そしてかびくさいにおいがした。もちろん教材室ほどではなかったけど、どことなく似《に》た雰囲気《ふんいき》をしていた。

庄司先生は準備室の一番おくにある流しの前にいた。バケツにためた水でパレットについた絵の具をばしゃばしゃと洗《あら》っている。

「庄司先生、六年の工藤と三橋です。」

工藤さんが声をかけると、

「おう、おー。」と庄司先生はふり返り、そこにあったパイプいすに座《すわ》るようにあごでしめした。

庄司先生は少しよろめきながら自分のいすに座った。やっぱり、体の片側《かたがわ》がうまく動かないみたいだった。

だからだと思う。最初は、先生のいっている言葉がよくわからなかった。変なところで間のびしていたし、きみょうな話し方だったから。でもしばらく聞いていると、少しずつわかるようになった。

「えー、なんだったかな……そうそう、ここに飾《かざ》ってあった……絵のことだったね……。」

先生の口元は話すたびにななめにつりあがり、すごく話しにくそうだった。ときどきハンカチをくちびるにあて、口元のよごれをふきとっていた。

大事なことは、もう工藤さんが伝えてくれていたようだった。ぼくだったらきっとうまくいえなかったと思うし、彼女《かのじょ》がいてくれて本当によかった。

「わたし、夏くらいにここで見たことがあるんです。気味悪いっていうか、緑色っぽい人の姿《すがた》がかいてある絵でした。」

「あー……じゃあ、あれかなあ……。」

立ちあがり、先生はかべぎわのスチールだなの方にふらふらと歩いていった。そして、

「この絵かな……。」と一枚《まい》の絵を取りだした。

先生はいすにもどると、

「もっと別のところに飾りたくて……外してたんですよ……。」と手にしたその絵をしば

らくのあいだじっと見つめていた。それから、ふと思いだしたように、

「はいどうぞ……見てみますか……。」とぼくに差しだした。

額《がく》に入った絵だった。のぞきこんでおどろいた。緑色とむらさき色の混《ま》じったぼんやりした色合いでミイラ男がえがかれていた。

でもこれって、本当にミイラ男なんだろうか。教材室にいるあいつと同じなんだろうか……。

その絵のミイラ男は座ってなんかいなかった。やせた二本の足で黒々としたゆかの上に立っていた。ただ細い体はななめにかたむき、後ろにかかれた灰色《はいいろ》のかべによりかかっている。

目は黒々とぬりつぶされている。だからあけているのか閉《と》じているのかもわからない。工藤さんが気味悪い絵だといっていたのがよくわかる。ぞっとするような表情《ひょうじょう》をしていた。

どうしてだろう。あらためて目の前で見ると、なんだか以前にもこの絵を見たことがあるような気がしてきた。

「どう？　三橋さんがかいてた絵と似てない？」

工藤さんが横からのぞきこんでいる。

「わからないよ……。」そう答えるしかなかった。だって、鉛筆《えんぴつ》でかきなぐったぼくの幼《よう》稚《ち》な絵とはぜんぜんちがったから。

たぶん特別な絵の具をいくつもいくつもぬり重ねてかかれているのだろう。ぼくなんか足もとにもおよばない絵なんだと思った。

「この絵って、だれがかいたんですか？　もしかして庄司先生ですか？」

そうたずねると、先生は困《こま》っているのか顔の片側をぼりぼりとかいた。

「わたしじゃないんです……昔の教え子がかいた絵です……。」

「教え子？」

「ただ、わたしは病気して……。」悲しげに目を閉じた。「いつのまにか、その子の名前も……忘《わす》れてしまって……。」

それから先生はしばらくだまりこんだ。懸命《けんめい》になにかを思いだそうとしているようだった。ぼくも工藤さんも先生をじっと見つめるしかなかった。

やがて先生は目をひらいた。そしてぽつぽつと話を始めた。

「その当時、わたしはこの学校で働いていて……高学年の図工を教えていました。ひとり、なかなか学校にこない子がいて……その子は、やっと登校したと思っても……教室にはこなくて、なぜか……いつもこの準備室にいました……。」

ゆっくりと右手をあげ、先生はこの部屋のすみを指さした。そこには古いソファが置いてあった。

「あそこで……ずっと、絵をかいていました……。」

「どうしてですか？」工藤さんが首をかしげた。「せっかく学校にきたのに……。」

工藤さんにはたぶんわからないだろう。でもぼくはちがう。ぼくにはその子がここにきていた理由がわかる気がした。

「それで、その子がこのミイラ男の絵をかいたんですか？」

ぼくはすぐさまたずねた。聞きたいことがやまほどあった。

「ミイラ男ですか……。そういえば……そんなふうにも見えますねえ……。」先生はぼくがいった言葉にしきりにうなずいた。そして、思いだしたように話を続けた。

「うーん……じつはその絵はそのころにかいていたものじゃないんです……。そのころの、彼《かれ》の絵は……黒ペンで、ぐちゃぐちゃにぬりたくったものでした……。いろいろ複雑《ふくざつ》な家庭で、ずいぶんつらい目にあってた子でしたから……仕方なかったのかもしれませんねえ……。」

先生は悲しげな表情をうかべている。

「でも、そのころのわたしは……その子にたいしたことはしてやれなくて……彼の苦しみから、救《すく》いだすこともできなくて……ただ、この準備室にいてもいいよって、それしかいえなくてね……。」

先生は目元を手のこうでぬぐった。そのころのやりとりを思いだしているみたいだった。

息をのんだ。ぼくの頭のなかに、ずっと昔のこの場所がとつぜんうかびあがった。

まるで、時間をこえてこの準備室を見ているみたいだった。どうしてこんなものを見ているんだろう。ぼくだから見えるんだろうか……。

ああ、あそこにいる……。庄司先生が話していた子がこの部屋のすみにあるソファに座り、もくもくと絵をかいている。

ひざの上に置いた画用紙にさっきからガシガシとかきこんでいる。手に持っているのはやっぱり黒ペンだったけど、足もとにはそれだけじゃなくて、いろんな色のペンやクレヨンが何本も何本もころがっている。

先生は黒くぬりたくっていたといっていたけど、そうじゃなかったのかもしれない。この子はなんとか自分の絵をかこうともがいていたんだと思う。必死だったんだと思う。

「じゃあこれは、いつかいた絵なんですか……？」

工藤さんの声で、はっとわれに返った。そのソファにはもうだれも座っていない。昔のその子はもうこの場所からいなくなっていた。

「その子が卒業して、何年も経《た》ってから……わたしのところに送られてきたんです……。」そういうと、先生はくり返しせきこんだ。

「それで先生、この絵ってなんなんですか？」先生の様子にかまうことなく、工藤さんは問いつめるようにいった。

「この気味の悪い人は、なんなんですか？」

工藤さんがいった気味の悪いという言葉が耳に残った。でも彼女がそう思うのも仕方のないことだった。

先生は小さなうなり声をあげた。

「この絵といっしょに……手紙が入っていて、そこに変なことがかいてありました……。」そして、ようやく思いだしたというように低い声で続けた。

「ぼくはここでずっとその人を見ていましたって……だから、その人のことをかきましたって……。」

工藤さんの口から悲鳴がもれた。きっとこわいことを考えたにちがいなかった。

でもぼくはそうじゃない。こわくなんてなかった。たぶんその子はぼくと同じように、この部屋で出会ったのだと思う。かべによりかかるようにして立ちつくし、じっとこちらを見つめているミイラ男に……。

「あの……。」ぼくはたずねた。「この絵をかいた子って、今はなにしてるんですか？」

知りたかった。どうしても知りたかった。

だって、ずっと昔のその子は、ぼくとひどく似ていたから……。そしてその子はもう大人になっている。ぼくよりずっと先に大人になっている。だったら、どんな大人になっているのだろうか。どんなふうに暮《く》らしているのだろうか。

「どうして……そんなこと、知りたいの……かな？」

「ぼくもミイラ男の姿を見たんです。だからどうしても知りたくて……。」

本当のことを話した。だってこの先生にうそはいいたくなかったから。先生はじっとぼくの顔を見ていた。けれど、それ以上のことをたずねようとはしなかった。

しばらくして先生は困ったように首をふった。

「くわしく知らなくてね……。中学のとちゅうから、どこかに転校してしまったらしくて……そのあとのことはぜんぜん……。」

「でも、先生のところにこの絵が送られてきたんですよね？」ぼくはくいさがった。

「うん……でも、それは……小学校を卒業するときに、わたしが彼にいったらしいんですよ……なにか絵ができたら見せてほしいなあって……今考えれば、ずいぶん無責任《むせきにん》なことをいってしまいました……。」

「あの、その人、もしかしてどこかで、絵をかく仕事とかしてるんじゃ？」

「さあ……どうでしょう……。」先生の声はさらにくぐもって聞こえた。「いっしょに入ってた手紙には……そんなことかいてなかったし……。」さびしげな声だった。「それにね、中学校にも、あんまり……通ってなかったらしいですし……。」

「でも、その人、絵が大好きだったんじゃないんですか？　だからこの絵だって……。」

それでもぼくはしつこくたずねた。

先生は首をふった。

「絵の仕事というのはね……だれもができることじゃないんです……専門《せんもん》の学校にいっ

て、ちゃんと勉強して……そうじゃないと、なかなか難《むずか》しいものなんですよ……無理なんですよ……。」

無理という先生の言葉がつきささった。ああそうなんだ。やっぱりそうなんだ。それが本当なんだ、現実《げんじつ》なんだ。

だまりこんでしまったぼくのことが心配になったのかもしれない。庄司先生は申《もう》し訳《わけ》なさそうに、

「その絵が送られてきたとき……住所がかいてあったと思うから……。よかったら、連絡《れんらく》をとってみましょうか……。」といってくれた。

「お願いします。」工藤さんがすぐに頭をさげ、たのみこんだ。

ぼくはなにもいえずにいた。その人の真実を全部知ってしまったら、すごくつらい気持ちになるかもしれない。そう思ったからだった。

もういいや。このままなにも知らなくてわからないままの方がいい。ミイラ男の正体だって、もう知らなくてもいい。

「手紙のなかに、ぼくはここでずっとその人を見ていましたって、かいてあったんですよね？」

ふいに工藤さんが声をあげた。気になって仕方ないという様子だった。

「それって、ここに幽霊《ゆうれい》とかがいたってことですか？　それともなにか別のものがいたってことですか？　先生はどう考えられてるんですか？」

「そうですねえ……。」庄司先生は首をかたむけた。「幽霊なんて、いませんからね……。それに、絵にかかれたような人を……わたしは見たことないですし。ただ、その絵は……当時のあの子にどことなく似ているんですよ……。」

先生はいおうかどうか悩《なや》んでいるようだった。けれどぼそぼそと話し始めた。

「だから、あの子は知らず知らずのうちに……友だちを、つくりあげていたのかもしれません……。自分に似た……空想の友だちを……。」

空想の友だち……。先生がそういったとき、工藤さんがぼくをちらっと見た。なにかいいたそうな表情だった。

やがてぼくたちは、図工準備室をあとにした。でていくときに先生は、

「また、なにか……話したくなったら、いつでも……きていいですからね。」と優《やさ》しくいってくれた。ぼくは上手にお礼もいえず、ただぺこりと頭をさげただけだった。

16

いろんなことを考えながら、学校をでて家に帰った。

あのあと工藤さんは足早にどこかにいってしまった。

「寄《よ》るところがあるから。」といっていたけど、もしかしてさけられているのかもしれない。

庄司先生の話を聞いたとき、工藤さんは悲鳴をあげるくらいにこわがっていた。もう関わりたくないと思ったとしても当然だった。彼女《かのじょ》はミイラ男の姿《すがた》を見てはいないけど声は聞いている。だからなおさら気味悪さを感じるのだろう。

けれどぼくはそうじゃない。今はもうあいつのことをこわいなんて少しも思わない。

正体はわからないけど、あいつは幽霊《ゆうれい》なんかじゃないし、空想なんかでもない。あいつはあいつなんだ。それだけははっきりしている。だってぼくはあいつとなんども言葉をかわしたのだから。

今度いつか工藤さんにもっとくわしく話してみよう。ミイラ男のことをちゃんと伝えることができれば、きっとわかってくれるはずだ。

それなら、あした学校で話そうと思った。

わかってもらえるように、ぼくが見てきたものをひとつひとつ話して聞かせよう。そうすれば、もしかしたら、彼女にもミイラ男のことが見えるようになるかもしれない。そうなればいいなとぼくは強く思った。

けれど、ぼくはけっきょく、工藤さんに話すことができなかった。彼女がいやがったとかそんなことじゃない。ぼくは母さんの用事で急にでかけることになったからだ。

家のドアをかぎであけると、いないと思っていた母さんが、台所のいすに座《すわ》りこんでいた。母さんはいきなり、

「アキトも今からでかけるからね。あの人がたおれたって知らせがきたのよ。会いたくなんかないけど、大事な話があるってあの子がしつこいから。」とまくしたてた。

あの人というのは母さんの母さん、つまりぼくにとってのおばあちゃんのことだとすぐにわかった。母さんはおばあちゃんをすごくきらっている。だから悪口しか聞いたことが

ない。だけどぼくはまだ一度も会ったことがなかったし、写真も見たことがなかった。そして、あの子というのはおばさんのことだった。だって、母さんに連絡《れんらく》してくる身内《みうち》はおばさんだけだったから。

いろいろたずねることもできなかった。母さんに引《ひ》っ張《ぱ》られるようにしてアパートをでると、あの男が車で待っていた。車をもっていたなんてぼくははじめて知った。

男はぼくをちらりと見ただけで、特に話しかけてもこなかった。ただ、「急げよ、のり遅《おく》れてしまうぞ。」と母さんにいい、ぼくたちを駅までのせていった。

「心配しないで。すぐ帰ってくるから。」

車をおりるとき、母さんはその男に話しかけた。男はうなずくだけで、そのまますぐに車で走り去った。

母さんの里についたのは、夜のおそい時刻《じこく》だった。

静かな駅に降《お》り立《た》つと、おばさんがむかえにきてくれていて、ぼくたちはその夜はおばさんの家にとまった。おばさんとおじさんが住んでいる家で、あたりまえだけどうちよりも広くてきれいだった。

母さんはずっと無愛想だった。ことあるごとに、おばさんとなにかいい争っていた。ぼくはただ聞こえないふりをして、おばさんが用意してくれていたおそい夕食をほおばった。

　母さんがベランダでたばこを吸《す》っているとき、おばさんはぼくのそばにやってきた。そして、

「アキちゃん、遠いところまで、ごめんなさいね。元気にやってる？」とささやくようにいった。ぼくがおばさんと話すのを母さんはきらっていて、そのことをおばさんは知っている。だからぼくも「うん……元気だよ。」と答えることしかできなかった。

　次の日、ぼくたちは病院にでかけた。

「ねえ、用事で休むって、ちゃんと学校に連絡してよね。」

　ぼくは、朝からなんどか母さんにいった。そのことだけがずっと気になっていた。今まで何日も学校を休んでいたのに、いまさらそんなことを気にしている自分のことが変に思えた。

　できるならもう休まないで学校にいきたかった。

　それにミイラ男に話したいことがあった。昔、おまえは図工準備室《じゅんびしつ》にいなかったかとか、そこにいた男の子のことをなにか知らないかとか……。それから工藤さんとももっと

いろいろなことを話したかった。

病院にでかけ、ぼくたちは病室でおばあちゃんに会った。たおれたと聞いたから心配していたけど、思った以上に元気そうで、ぼくは内心ほっとした。

だけど、はじめて見るその人はやっぱり知らない人でしかなかった。向こうもぼくのことが気にいらないのか話しかけてこようとはしなかった。

見かねたおばさんが、なにか伝えようとしたけど、おばあちゃんはきげん悪そうに首をふるだけだった。

やがて母さんが口をひらき、はげしいやりとりを始めた。おばさんがとめようとしたけどだめだった。ほかの患者《かんじゃ》さんたちが迷惑《めいわく》そうにこっちを見ている。

看護師《かんごし》さんがあわててやってきたけど、母さんのいかりはおさまらなかった。ついさっききたばかりだというのに、ひどい言葉をなげつけ、さっさと病室からでていった。

母さんのあとについていこうとしたとき「アキちゃん……。」という声が聞こえた。ふり返るとおばあちゃんがこっちを見ていた。ほかにもなにかいいたそうにしていたけど、もうおそかった。ぼくは母さんを追いかけて病室をあとにした。

玄関《げんかん》までおりてきたおばさんは、母さんをなんとかひきとめようとしていた。けれど母さんは、いつものようにすべてを拒否《きょひ》し、「もう二度とこないからね。」といいすてた。

そしてぼくの手を引っ張って、そのままタクシーにのりこんだ。

帰りの列車にゆられながら、ぼくはずっと窓《まど》の外を見ていた。

母さんがおばあちゃんと仲良くできたらよかったのにと思った。姉妹《しまい》なんだからもっとおばさんと話せばいいのにと思った。そうすれば、もっといろんなことが変わっていくかもしれないのに……。

けれどぼくは母さんになにもいわなかった。いえるわけがなかった。だって母さんはぼくにとって一番大事な人だったし、かわいそうな人だったから……。

列車の窓の外はもううす暗くなっていた。スマホをずっといじっていた母さんが、

「こっちにきて。」とぼくを呼《よ》んだ。横に座ると、母さんはまるで小さい子にするみたいに、ぼくをだきよせた。

ああ、たぶん母さんはさびしいんだと思った。

いつだってそうだ。かわいそうな母さんは、急にさびしくなったり不安になったりする。だからぼくは母さんのそばにいてあげなくちゃいけない。そう思った。

「ほらこの写真見て。」

スマホを操作《そうさ》し、どこからか一枚《まい》の写真を引っ張りだした。

ずっと若《わか》いときの母さんが写っていた。小さな赤《あか》ん坊《ぼう》をだっこしている。前にも見せてもらったことがある。この赤ん坊はぼくで、母さんはぼくを必死になってそだててくれた。

「アキトがいたからね、死なずにすんだの。」と母さんはいつもいう。

きっとなんどもなんどもつらい目にあってきたのだろう。けれどぼくはなにもしてあげられない。こうやってそばにいることくらいしか。

夜になり、ようやく列車はぼくの町についた。母さんはまだスマホをいじったり、どこかに電話をかけたりしている。

「ユウさんが、むかえにきてくれるっていってたんだけど……。」

ああそうか、あの男と連絡をとっていたのかと思った。

列車をおり、駅のロータリーのところでぼくたちは待っていた。冷たい風がふき、寒くて仕方なかった。母さんはくり返しスマホをさわっていたけど、いくら待ってもあのユウさんという男は姿を見せなかった。

「仕方ないわね……。」と母さんはつぶやき、ぼくたちはひと気の少なくなった道を家まで歩いて帰った。

もしかして、なにかのいきちがいであの男はアパートで待っているのかもしれない。たぶん母さんはそう思ったのだろう。

かぎをあけて部屋に入るときに、「ただいま、ユウさん。」と母さんは呼びかけた。でもなかにはだれもいなかった。

部屋のなかはひどく散らかっていた。どうしたんだろうこれ。まさか、どろぼうが……。ぼくはそう思ったけど、母さんはちがった。あわてて、部屋のひきだしのなかを見た。そして、ふるえる手で電話をかけだした。

でもだれもでないみたいで、母さんは切ってはかけ、切ってはかけをくり返した。

「ひどい、ユウさん……。」

母さんがかみをかきむしったかと思うと、冷たいゆかに座りこんだ。そして泣きじゃくり始めた。そのとき、ぼくはなにが起こっているのかがようやくわかった。

あの男はここからいなくなっていた。しかも、ただいなくなるだけじゃなく、母さんがかくしていたお金やいろんな物を持ちだしていた。

男はやっぱり母さんをだましていた。いや、母さんだけじゃなく、あいつはきっとぼくもだましていたのだろう。

　母さんは泣きながらゆかをばんばんと手でたたいた。あたりに落ちているものを投げ散らかし、言葉にならないような声をのどのおくからあげた。

「心配ないって、たいしたことないって……。」

　ぼくの言葉は母さんをとめることはできなかった。ふらつくように立ちあがった母さんは、スマホをにぎりしめたままアパートの外にでていった。まるでなにかにとりつかれたみたいだった。

　追いかけることもできず、ぼくはその場にいた。もしかしたら、こうなることが、ぼくにはもうずっと前からわかっていたのかもしれない。ただそんな予感に気づかないふりをして、過《す》ごしてきたのだろう。

　あの男と話した短いやりとりを思いだした。

　もしかしたらこの人はぼくの家族になるかもしれない。そんなありえないようなことを頭のどこかでぼくは考えていた。情《なさ》けなくて仕方なかった。

　自分の部屋に入ったぼくは、机《つくえ》のひきだしがあいているのを見た。まさかと思ってなかをさぐると、おばさんからもらったあのお金はなくなっていた。

舌打《したう》ちする気力もわかなかった。ベッドにこしを落とすのがやっとだった。そのとき、まくら元に置いてある小さな紙きれに気づいた。

——すまん。おまえたちじゃなくて、全部おれが悪いんだ。

紙きれにはそうかいてあった。あの男が残したものにちがいなかった。そしてその紙きれの最後にかいてある文章を読んだとき、頭にかっと血がのぼり、ぼくはその紙をずたずたに破《やぶ》り捨《す》てた。

——あの化け物の絵にはおどろいた。おまえはこれからもかき続けろよ。

ぼくはベッドをこぶしでなぐりつけた。なんだよ、ふざけんな。そんなの、おまえがかけばいいじゃないか。なんどもなんどもなぐりつけた。

17

もう夜おそい時間だったけど、母さんはまだもどってこない。

よくあることだったけど、今日はちがう。

すごく心配だった。あんなに泣きじゃくって興奮《こうふん》している母さんを見るのははじめてだったから。

あんな男を家にいれちゃいけなかったんだ。信じちゃいけなかったんだ。ずっと用心していたのに……。くやしくてくやしくて仕方なかった。

おなかがすいた。

列車のなかで母さんといっしょにポテチを食べただけで、晩《ばん》ご飯《はん》はとうとう食べないまだった。コンビニに買いにいきたかったけどお金がなかった。それにこんな時間に出歩いていたら、だれかに呼《よ》びとめられてしまう……。

真夜中になってもいい、明け方になってもいい、母さんがもどってきたら、いっしょに買い物にいけばそれでいい。そう思った。

待てばいいだけだった。おなかはすいているけど、そんなのがまんできる。がまんするのには慣《な》れている。得意《とくい》なんだ。今までそうしていたから。ずっとそうしていたから。

がまんし過《す》ぎなんだよ……。

あの男がいったことが頭をよぎった。くそっ、あんなやつの言葉を思いだしてどうするんだよ。

部屋のベッドから持ってきた毛布《もうふ》を頭からかぶった。

こうやっていすに座《すわ》っていなければ、あっというまにねむってしまう。そうしたらもどってきた母さんに声をかけられない。

ぜんぜん平気な顔で、ぼくがおかえりなさいっていったら、母さんはきっと「ただいま。」と返事をして、いつもの母さんにもどってくれるはずだった。

それから、「待ってたよ、おなかすいたよ。」ってぼくがいうと、母さんは笑いながら「じゃあ、お買い物にいこうか?」っていってくれる。そうしたらふたりででかけて、お店でいろんなものを買って……いっしょに食べたら……いい……。

テーブルにつっぷしたままぼくはねむっていた。

そして、あっというまに時間だけが流れていた。目をあけたときにはもう光がさしこんでいて、外からは通り過ぎる車の音がひびいている。もう少しで昼になる時刻《じこく》だった。

玄関《げんかん》を見た。母さんのくつはない。まだもどってきていなかった。ふらふら立ちあがって水をのんだ。

横腹《よこばら》がまた痛《いた》んだ。きっと、おなかがすいていて、体のどこかがはやくどうにかしろよっていっているのだろう。でもそんなのたいしたことじゃなかった。

「どうしよう……。」

気がつけばひとりつぶやいていた。その声がひどくかすれていたので自分でもおどろいた。まるであいつみたいだった。

ミイラ男の声を思いだした。あいつの姿《すがた》が頭のなかにはっきりとうかんだ。あいつに会いたかった。

会って、いろんなことを話したかった。だって、ぼくにはあいつに話したいことがたくさんあったから。

母さんの里にいっしょにでかけたこと、長い時間列車にのったこと、はじめて会ったおばあちゃんがやっぱり母さんに似《に》ていたこと、それに、おばあちゃんがぼくのことをアキちゃんと呼んでくれたこと……。

ぼくの話を聞いたら、ミイラ男はなんというだろうか。もしかしたら、少しはおどろくかもしれない。額《ひたい》にしわをよせるかもしれない。そしてぼくに話しかけようとするかもしれない。

学校にいきたいと思った。強く思った。

母さんはまだもどっていないけど、それでもぼくは学校にいきたい。家にいなかったら、母さんはいやがるかもしれないけど、もうかまわない。ぼくはもう自分の気持ちをおさえきれなかった。

授業《じゅぎょう》はとうに始まっているはずだった。

すごく遅《おく》れてしまったから、先生はきっとおこるだろう。それにクラスのみんなも、こいつなにやってんだという顔をして、ひどくいやがるに決まっている。けれど、それでもぼくは学校にいきたかった。

いすから立ちあがろうとしたとき、ぐらりと体がゆれた。

頭のなかが半分真っ暗になった感じがした。ゆかにしゃがみこんだ。今にも意識《いしき》が消えてしまいそうだった。でもぼくはぐっとがまんした。奥歯《おくば》をかみしめた。時間はかかったけど、やっと頭のなかがはっきりしてきた。いろんなものがあたりまえに見えるようになった。

ゆっくり息をくり返しているうちに、ちゃんと立てるようになった。もう心配ないと思った。

ランドセルを手にアパートの外にでた。それからいつもの道をいつものように歩いた。本当は走っていきたかったけど、足に力が入らなかった。

長い坂道をようやくのぼりきった。校門をぬけ、それから昇降口《しょうこうぐち》に入った。

もう午後の授業が始まっていて、あちこちからざわざわした話し声がひびいている。なんだかあの日のことを思いだした。ぼくがはじめてミイラ男に出会った日のことだ。あのときも、ちょうどこんな感じだったように思う。

ふらふらしながら、上ばきにはきかえた。

だれかの視線《しせん》を感じた。顔をあげると、知っている子がすっと通り過ぎるのが見えた。同じクラスの女子だった。保健室《ほけんしつ》からもどっているのかもしれない。

ぼくのことに気づいたと思う。教室にもどったあの子はきっとぼくのことをみんなに話すのだろう。「あいつ、今、昇降口にいたよ。」って……。

まず、教室にいこうと思っていたけど、やめにした。

教室にいけばみんなはぼくのことをちらちらと見るだろう。そしたら簡単《かんたん》にぬけだせなくなる。だったら、そのまま教材室にいこうと思った。

やっぱりぼくはミイラ男のことが気になって仕方なかった。それに、あの日もぼくは、教室に入ることをあきらめ、三階へとのぼっていったのだから。

手すりを持ちながら、ゆっくりと階段《かいだん》をのぼっていった。

すれちがう人はだれもいなかったし、呼びとめようとする人もいなかった。教室からもれる話し声がしだいに小さくなっていく。

三階の廊下《ろうか》はこわいくらいに静まりかえっていた。そして昼間とは思えないくらいにうす暗かった。この場所には、いつだってきみょうな魔法《まほう》がかかっているみたいだった。

教材室の前についたとき、ぼくは走ってもいないのに息を切らしていた。なんだか変だった。

でもあいつに会えばこんなのはすぐによくなる。あいつは不思議な力をもっているはずだから。

はやくなかに入ろうと、取っ手に力をこめた。

えっ、と思った。おかしい、そんなはずないのに……。どんなに力をこめてもとびらはひらかなかった。ぴたりと閉《と》じたままだった。

くり返し試《ため》したけど、だめだった。そしてぼくはようやく気づいた。教材室の入り口にはしっかりとかぎがかけられていた。

18

いったい、どうして……。

思いっ切りゆさぶった。けれど古いつくりのとびらは重くてがんじょうだった。

とびらごしに、ミイラ男の息づかいが聞こえている。あいつは、ぼくがここにきていることに気づいているにちがいない。

低いうなり声もひびいている。入ってこようとしないぼくに腹《はら》をたてているのだろうか。それとも、裏切《うらぎ》られたみたいに感じてくやしがっているのだろうか。

いやちがう。ぼくにはあいつが、悲しげな声をあげているように思えてならなかった。はやくなかに入らなきゃ。だってあいつはぼくがくるのをずっとずっと待っていたのだから。

くやしさにくちびるをかんだ。血の味が口のなかに広がり、ぼくのなかにはげしいいかりがわきあがった。

ここはぼくにとって大事な場所だった。それなのにどうしてこんな目にあわなくてはいけないんだろう。ぼくはただこの場所で、あいつと会って話をしたいだけなのに。いったいだれがこんなひどいことを。

とびらをけった。どんと音がひびき、足先に痛《いた》みがはしった。その痛みにぼくのいかりはさらに高まった。今度は手でなぐりつけた。こぶしが切れて血が流れた。憎《にく》しみが体じゅうをかけめぐり、自分をおさえることができなかった。くり返しとびらをけったりなぐったりした。

「なにやってるの、三橋さん。」

声が聞こえた。はっとして廊下《ろうか》のおくに目をこらすと、そこには工藤さんがいた。おどろいた表情《ひょうじょう》でこっちを見ている。そしてぼくの方にかけよってきた。

「三橋さんがきてたって、クラスの子がいってたの。だから、教室にくるのを待ってたの。でもぜんぜんこないから……。」

昇降口《しょうこうぐち》で見かけたあの子だと思った。やっぱりぼくのことを教室で話したのだろう。

「もしかしたら、ここにいるかもって……。」工藤さんはぼくの手をちらりと見た。「授業《じゅぎょう》がはやく終わったからきてみたの……。」困《こま》ったような顔をしている。「おこられるよ、こんなことしてたら……。」

工藤さんがいいきらないうちにぼくはさけんだ。

「あかないんだよ。なかに入れないんだよ。」そしてとびらをまたなぐりつけた。「だれかかぎをかけたんだ。」

彼女《かのじょ》が少し後ずさった。

「あのね……ごめん……。」ぼくをじっと見ている。

「わたしが先生にいったの。かぎをかけてくださいって……。」

「ど、どうして？」あぜんとした。

「だって三橋さん、ずっとここにきてて、なんだかおかしくなってるから……。」

「おかしくなんて……。」

「変なのが見えてるんでしょ？」

「変なやつじゃないよ。あいつはすごくいいやつで……。」

「だめだって。もうここにこない方がいいって。」

「でもぼくはあいつに会いたいんだ。だってあいつはいつだってぼくをはげましてくれるんだ。ぼくの味方なんだ。」思わず強い口調になっていた。

「具合が悪いんじゃないの……。」

工藤さんはぼくの顔をじっと見ている。ぼくは首をふったけど、彼女はなにか考えこんでいるみたいだった。

「わかった。じゃあここで待ってて。先生にあけてもらうから。わたし、たのんでくるから。」

そしてくるりと背《せ》を向け、階段《かいだん》の方へとかけていった。

そのときちょうど、授業の終わりのチャイムが聞こえた。子どもたちのはしゃぐような声が下の階からひびき始めた。

すぐに工藤さんがもどってきた。

その後ろには小川先生もいて、「三橋さん、ここにいたのか……。」といいながらこっちに歩いてきた。おこられるはずだと身がまえていたけど、ぜんぜんちがった。

先生はどこからか銀色のかぎを取りだすと、

「そんなに、ここに入りたいのかい？」とたずねた。ぼくがうなずくと、先生はかぎあなにかぎをさしこみ、軽々と教材室のとびらをひらいた。

ひんやりとした空気が廊下へと流れだした。

「でもね三橋さん、今日だけだからね。もうここはかぎをかけるように決まったから。工藤さんはすごく心配してたんだぞ。」

「心配なんていらないです……。」きっと先生は、工藤さんからいろいろ聞いているのだろう。だからぼくは思い切って話すことにした。「だって、ここにはあいつがいるんです。それで、ぼくがくるのをずっと待ってるんです……。」

「あのね三橋さん……。」先生はゆっくりと首をふった。「そんな人はここにはいないんだ。いいかい？　自分でそう思いこんでいるだけなんだよ。」

先生はすごく心配そうな目でぼくを見た。

「顔色がよくないぞ。ちゃんとご飯食べてたのか？　お母さんの里にいくっていうのは聞いてたけど？」

母さんは先生に伝えてくれていた。そのことに少しだけ勇気づけられた。ミイラ男のことを全部話そうと思った。そうすれば先生だってきっとわかってくれる。

「先生、ぼくについてきて。もしかしたら、先生にも見えるかもしれないから。」そしてぼくは、教材室のなかに入った。

先生とそして工藤さんが後ろからついてきている。今までかいだことがないにおいがした。どうしてだろう。なんだか胸《むね》がむかむかし始めた。いつもとちがう感じがした。

急に心配になった。ミイラ男がいなくなっていたら……。さっきは確《たし》かに気配がしていた。すぐそこにいる気配が。でも今はちがう。あのうなり声は聞こえない。あの気配はもうなくなってしまっていた。

どうしよう。あいつがいなかったら。消えてしまっていたら。ぼくはどうすればいいんだろう。

教材室のおくへと回りこみ、祈《いの》るような気持ちで目をこらした。

よかった……。息をはいた。ミイラ男はいつもの場所にいつものように座《すわ》りこんでいた。

「いました先生。あいつはここにいます。」

小川先生をふり返った。工藤さんといっしょに、先生はこっちをじっと見ている。うす暗かったけど、ふたりが困った顔をしているのがすぐにわかった。

残念だけど、ふたりにはあいつが見えていない。

それでもぼくは、ミイラ男が今いる場所を指さした。「そこに座っています。そしてこっちを見ています。」一生懸命《いっしょうけんめい》に説明した。

「今はだまってるけど、話すこともできるんです。」

「そんなことあるはずない。きっときみは、妄想《もうそう》かなにかを見てたんだよ。」小川先生は眉間《みけん》にしわをよせている。「もういいから。はやくここをでた方がいい。」

くやしかった。先生はぼくのいうことをなにも信じていない。

工藤さんが小さく口をあけた。そうだ。彼女は知っているはずだ。

「あのね先生、見えなくても、ミイラ男の声なら聞こえるかもしれないんです……。」ちらりと工藤さんを見た。「ほんとなんです。だって工藤さんは声を聞いたんです。ね、そうだよね。あのときのことを先生に話してあげてよ。」

「でも、あれは……。」工藤さんはいいよどんだ。聞《き》き間違《まちが》いだと思っているのだろうか。ぜったいそんなのじゃないのに。

「ほら、思いだしてよ。」すがるように彼女に話しかけた。「ぼくがあいつに『話してもいい？』っていったら、あいつは『好きにしろ。』って答えたじゃない？　そのとき、工藤さんはここにいて、その声を聞いたよね。」

「それはそうだけど……。」彼女はうなずいた。でも悲しげな顔でぼくを見ている。「それって、三橋さんがいうミイラ男が話したわけじゃないから……。」

「えっ？」

「三橋さんが話したの。『話してもいい？』って三橋さんがいって、それからまたすぐに三橋さんが『好きにしろ。』っていったの……。」

なんのことかしばらくわからなかった。

ぼんやりした頭が彼女のいったことを少しずつたどっていった。気がつけば、ぼくは横腹を両手で強くおさえていた。

さけび声をあげそうになった。

そんなのうそだ……。そんなわけないって……。

息をのんだ。ずっとゆかに座っていたはずのミイラ男がゆっくりと立ちあがろうとしている。

ぼろぼろの体が左右に大きくゆれたかと思うと、あいつはやせた二本足でその場に立ちつくした。そして、ぼくの目をじっと見ている。なにかいいたげな表情に思えた。

「ちがうよね……。おまえは、ちゃんとここにいるんだよね……。」

ぼくの声はふるえていた。かすれた低い声だった。

「ぼくがつくりあげた、にせものなんかじゃないんだよね……。」

そのときようやく気がついた。ミイラ男の体はしだいにかすみ始めていた。

「ま、待ってよ……。」手をのばした。「いかないでよ。」

でも緑色の体はどんどん透《す》き通《とお》っていく。

「ぼくを置いていかないでよ……。」

そしてさらに一歩近づいたとき、ミイラ男の姿《すがた》は見えなくなっていた。のばしたぼくの両手は空を切っただけだった。あいつはぼくの目の前から消え去っていた。

「ここをでよう。」

小川先生の声がひびいた。先生はぼくの肩《かた》に手を置いた。

放して……。その手をふりはらおうとしたとき、横腹から背中に痛みがかけぬけた。切りさくようなはげしい痛みだった。

先生がぼくになにかいっている。

でももうなにも聞こえないし、なにも見えなかった。頭のなかで白い光がはじけ、そして次の瞬間《しゅんかん》には真っ暗やみになった。

ぼくは気を失い、先生のうでのなかにたおれこんでいた。

19

どのくらい経《た》ったのかはわからない。

ぼくは、だれかにゆり起こされたみたいにやがて重いまぶたをひらいた。

本当はずっとねむったままでいたかった。目をあけなくてもいい、もう目が覚めなくてもいいのにと思っていた。

暗やみのなかでずっと夢《ゆめ》を見ていた。

消えていくミイラ男の姿《すがた》がなんどもなんども頭のなかにうかんだ。

そのたびにぼくは、大声でさけんで必死になって呼《よ》び止《と》めようとする。けれど、あいつはぼくのことなんか全部忘《わす》れてしまっていた。どんなにさけんでも立ち止まろうとしない。ふり返ろうともしない。

「待ってよ、待ってよ。」ぼくはのどが痛《いた》くなるまでさけぶ。「ぼくを置いていかないでよ、ひとりにしないでよ。」小さな子どもみたいにさけぶ。

わかっていた。それでもあいつが消えてしまうことが。あいつがぼくを置き去りにしてしまうことが。

そうだったんだ。あいつは最初からいなかったんだ。どこにもいなかったんだ。

ぼくだけに見える、ぼくだけが特別なんだと思っていたのにそんなのじゃなかった。ぜんぜんそんなのじゃなかった。

ぼくはもう空っぽになってしまった。

どうやってもどこにも力が入らなかった。声をだすことも、首を持ちあげることも、指の先を動かすことさえもできなかった。

だから、まぶしい光に目を細めたとき、ああいやだなあと思った。すぐにでも目を閉《と》じて、ずっとずっと暗やみのなかにいたいと強く思った。

目をあけたとき、ぼくは病院のベッドにいた。いろんなチューブみたいなものがぼくの体にはつながっていた。

小川先生が泣きそうな顔でぼくを見下ろしていた。先生の横にはくちびるをかみしめるようにして母さんが立っていた。なんだかずいぶん久《ひさ》しぶりに母さんの顔を見たように思った。母さんはすぐにベッドわきにしゃがみこみ「ごめんね、ごめんね……。」とくり返した。

でもぼくは母さんを見つめることができなかった。なにをいえばいいのかわからなかった。全部がめんどうくさかった。

もういいやと思った。

もういい。ここにいなくてもいいやと思った。どうなってもかまわない。そんなのぜんぜんたいしたことじゃないと思った。

強い眠気がやってきてぼくはまた目を閉じた。そして、また時間だけが過《す》ぎていって、もう一度目をあける。そんなことのくり返しだった。

そのあいだに、いろんな人がやってきて、いろんな話をしてくれた。お医者さんや看護《かんご》師《し》さん、それに学校の先生たち。

見たことのない女の人もいた。その人は母さんの横にいて、ふたりでなにかをずっと話していた。また目を覚ましたときには、おばさんが病室にいて、ぼくの顔を心配そうにのぞきこんでいた。

ぼくの頭はぼんやりとしたままだったけど、聞こえてきたたくさんの話を、いつのまにかつなぎあわせていた。それでなんとなくだけどわかった。別にどうでもいいし、知りたいことでもなかったけど、自分に起こったことがわかった。

学校でたおれたぼくは救急車《きゅうきゅうしゃ》で病院に運ばれた。そして痛み止めの点滴《てんてき》をしながらたくさんの検査《けんさ》をした。

先生たちはといえば母さんと連絡《れんらく》をとろうとずっと電話をかけ続けた。でも母さんはいつもみたいに電話にでなかった。だから母さんが病院のぼくのところにくるまでとても時間がかかったらしい。

けっきょくぼくのおなかの痛みは、おなかのなかにある腸《ちょう》が原因《げんいん》だった。はれがひどくて、おまけに破《やぶ》れかかっていて、手術《しゅじゅつ》をするしかなかったらしい。

ぼくはおなかに穴《あな》をあけて手術をした。でも手術室に入ったこととか注射《ちゅうしゃ》をうったこととか、そんなことのいろいろをまったく覚えていない。

たぶん、全部が、ぼくとは関係ないことのように思えて、不思議なくらい実感がなかったからなのかもしれない。

手術はうまくいったらしい。

病院のベッドでぼくは少しずつ元気になっていった。あれだけ空っぽだと思っていたのに、力のかけらみたいなものが体のなかにちょっとずつ入ってくるのを感じた。

そう感じたときには、決まってミイラ男のことを考えていた。あいつと出会ってからのことを思いだしていた。忘れよう忘れようとしていたのに、まるでうまくいかなかった。あいつはもう教材室からいなくなって、ぼくの前からは消えてしまった。忘れなきゃいけないはずなのに、それなのにぼくはあいつのことをくり返し思いだしていた。

手術してどのくらい経ってからだろう。

病室に知らない女の人がやってきた。小川先生もいっしょで、ふたりしてベッドのそばの丸いすに座《すわ》った。

その人は児童相談所というところの職員《しょくいん》さんだった。小川先生とは顔見知りのようで、その人が話すたびに小川先生はしきりにうなずいていた。

「お母さまともいろいろお話をしたんだけどね……。」職員さんはおだやかな口調でいった。「あなたもお母さまも、このままではいけないと思うの。」そして、じっとぼくの顔を見つめた。

そのときになって思いだした。その職員さんを見るのははじめてじゃなかった。手術が終わって目を覚ましたとき、その人はもう病室にいた。ぼくの母さんとなにかをずっと話していた。

職員さんは「病気がよくなってからのことをこれから考えていきましょう。」そういった。「つまりね、病院を退院《たいいん》してから、あなたが安全で幸せに生活していくためには、どうすればいいのかを決めなくちゃいけないの。」

ぼくが理解《りかい》できるように、職員さんはやさしくかみくだくようにして、ひとつひとつ順番に説明をしてくれた。

話を聞いているとき、おなかの傷《きず》がひどく痛んだ。もう空っぽになっていたはずなのに、その痛みは息をするたびに体じゅうに広がっていった。

「先生たちはみんな三橋さんの味方だからね。」小川先生はそういってくれた。だけど、ぼくの痛みはおさまることがなかった。

どうしたらいいのだろう。これからぼくは、どうなっていくのだろう……。

職員さんの話が終わっても、ぼくはうなずくことも首をふることもできなかった。ただ、病室の天井《てんじょう》をじっと見あげていた。

入院しているあいだ、クラスの子が見舞《みま》いにくることはなかった。

もちろん、ぼくには仲のいい友だちもいなかったし、見舞いにこられてもかえって困《こま》るだけだ。ただ、工藤さんはどうしてるのかなあと、ふと思うことはあった。

その代わりなのかどうかはわからないけど、学校の先生たちがよく見舞いにきてくれた。通級の立花先生や保健室《ほけんしつ》の先生、それに校長先生もきてくれた。

でも一番おどろいたのは、庄司先生が病室にやってきたことだった。

あのとき、一度話しにいっただけなのに、まさかここにきてくれるとは思ってもいなかった。

先生は不自由な体をつえでささえるようにして、病室に入ってきた。

「どう、ですか？　痛みは……まだありますか……？」

苦労してベッドわきのいすに座ると、先生はあのときと同じ感じで、ゆっくりとぼくに話しかけた。

20

どうして庄司先生は、見舞《みま》いにきてくれたのだろう。

先生はしばらくなにもいわずにだまりこんでいた。なんだかもぞもぞしていて、なんとなく小さな子どもみたいだなあって思った。ぼくはふっと息をはいた。

「えっと、よかったねえ……。もう少ししたら……退院《たいいん》できるらしいね。」

先生はようやく話を始め、そしてくちびるのはしをつりあげた。きっとぼくに笑いかけてくれたのだろう。

退院のことは先生のいう通りだった。この前の回診《かいしん》のとき、お医者さんがやってきて教えてくれた。

「やっと、家にもどれるね……。」先生は続けた。「まちどおしい……ねえ。」

「でも、ぼくは家にはもどらないんです……。」

なにもいわないつもりだったのにそう答えていた。

「退院したら、別のところにいくんです。」

「別の？」先生は首をかしげている。

「一時《いちじ》……保護所《ほごしょ》とかいうとこです。」この前はじめて聞いた名前だった。「相談所の人がその方がいいって……。」

「相談所って……。」そういいかけて、先生ははっと気づいたようだった。「児童相談所の人が……きてたんだね。」じっとぼくの顔を見ている。

「じゃあ、きみは……一時保護所に、いくことになったんだね……。」

ぼくはうなずいた。先生のいう通りだった。

相談所の職員《しょくいん》さんは、病室になんどもやってきてくれた。そしていろんなことを話してくれた。

一時保護所のこともていねいに教えてくれた。そこは、助けを必要としている子どもたちが一時的に入所する施設《しせつ》だった。

ぼくのためにも母さんのためにも、今はその選択《せんたく》が一番いいことだと、職員さんはおだやかな口調で説明してくれた。

職員さんは母さんのことも、ぼくのことも、前から知っていたらしい。アパートにもなんどかきたことがあるといっていた。

でも、いくら呼《よ》びかけられても母さんもぼくもドアをあけなかった。だから、なにも話すことができなかったらしい。

ぼくがたおれて、病院に運ばれたとき、学校の先生たちはその職員さんにも連絡《れんらく》をいれていた。だって、母さんがどこにいるかまるでわからなかったから……。

職員さんは、ようやく会うことができた母さんに、

「退院して、このまま家にもどったら、きっとまた同じことになりますよ。」とはっきりと伝えたらしい。

母さんはああいう人だったから、最初はすごく腹《はら》を立てていた。自分は悪くないとずっといっていたらしい。けれどしんぼう強い説得《せっとく》に、母さんの気持ちも少しずつ変わっていった。

庄司先生はなにをいおうかとしばらく考えているみたいだった。

やがて先生は丸いすに座《すわ》り直《なお》すと、「きみは、よく……決心したね……。」といった。悲しげな表情《ひょうじょう》だった。「わたしのところに、準備室《じゅんびしつ》にきてくれたというのに……ぜんぜん

……なにも気づいてあげられなくて……本当にごめん……。」

「そんなことないです。」ぼくは大きく首をふった。

だって、庄司先生は図工専科《せんか》の先生だったから。ぼくのクラスとはほとんど関わりはなかったし、ぼくのことを知らないのは、あたりまえなのだから。

見ると先生は、自分のよく動く方の手で、もう一方の手首をにぎりしめている。なんだか、自分で自分を責《せ》めているみたいだった。

「だって、きみは……あの絵を見にきたんだから。あの絵を……かいた子のことを、知りたいといってやってきたんだから……そのときに、気づいてやらなくちゃ、いけなかったんだよね……。」先生はまたぎゅっと手首をにぎった。「きみのこととか……おうちのこととか……なにも知らないで……。あのとき、わたしがもっとしっかりしてたら……。」そういってぼくに頭をさげた。

ちがいますと、ぼくは首をふることしかできなかった。

だれがなにをしたとしても、こうなるのが運命だったのだろう。ずっと前から、たぶん、生まれたときから、ぼくはこんなふうに生きていくことが決まっていたのだと思う。

ぼくの母さんだってそうだ。笑いながら幸せに暮《く》らしている人がたくさんいるのに、母さんはそうじゃなかった……。

ぼくは病院を退院したら、母さんといっしょじゃなくて、べつべつの場所で暮らすことになる。

相談所の職員さんは、ほんの少しのあいだだけといっていた。だけどそうじゃないのだろう。うまくいくとか幸せになるとか、ぼくにはきっと許《ゆる》されないことなのだろう。すごく悲しいことだけど、今までもそうだったから……。

「これ……届《とど》いたんだよ……。」庄司先生が上着のポケットをごそごそとさぐり、なにかを取りだした。

「あの子にね……ほら、きみいっていたよね……ミイラ男の絵をかいていたあの子にね……連絡をとってみたんだ。そしたらね……。」先生が手にしているのは折りたたんだ印刷用紙だった。「メールを送ってくれたんだよ……。」

「ほんとですか？　昔、準備室で絵をかいていたあの人なんですか？」信じられなかった。

「手紙をかいたらね……ご兄弟に届いてね……そしたら、その子のところに転送してくれたんだよ……ほら、今はもう、スマホやパソコンでいろんなものが送れるからね……。」

「じゃあ、その人、元気にしてるんですか。」興奮《こうふん》したぼくの声はかすれてしまっていた。「どこでなにをしてるんですか？　その人は、今幸せなんですか？」

いきなりそんなことをたずねたので、先生はおどろいていた。でも、不自由な方の手も使いながら、たたんでいた用紙をゆっくりとひらいた。

「メールを……印刷してきたんだよ……。」用紙は数枚《すうまい》あった。先生はひらいた用紙をめくっている。「その子ね……今、沖縄に住んでいるんだって。ずいぶん遠いところだよね……。」

「沖縄……。」

もちろんいったこともなかったし、南国だということくらいしか知らなかった。いったいそんな遠くはなれた場所で、その人はなにをしているのだろう。

「えっとね……なんとかというケーブルテレビの会社で働いているらしい。会社のホームページをつくったり……広告《こうこく》をつくったりしているって、かいてあったよ……。」印刷した用紙に先生は目を落としている。「それにね……。」顔をあげると、先生はぼくに笑顔《えがお》を見せた。

「絵は今も……かき続けているらしいよ。去年は個展《こてん》もひらいたんだって。知ってたら、きっと見にいったと思うよ……。」

それから先生は用紙のなかから一枚の紙を取りだして、ぼくに差しだした。

「その子が……かいた絵なんだって。何枚か、写真を送ってくれたんだ……。」

そこには二枚の絵が印刷されていた。一枚は風景画で、波打つ海が静かに、でもとても鮮《あざ》やかにえがいてあった。

「ほんと……いい絵だよね……。」

先生がぼくの心のなかを見すかしたようにいった。そしてもう一枚の絵は小さな女の子と、その子と手をつないでいる女の人の絵だった。

「その子の……奥《おく》さんとお子さんだよ、たぶんね。結婚《けっこん》して……子どもができたってかいてあったから……。」先生は目を細め、顔をへんてこにゆがめている。先生は笑っていた。

ぼくにはちょっとだけど先生の気持ちがわかった。だって先生は、その人が子どものころに出会っているのだから。助けてやれなかったって、ものすごく後悔《こうかい》していたのだから……。

「あの、先生……。」ぼくはのどのおくから声をしぼりだすようにしてたずねた。「ミイラ男のことは……。」

その人はずっと昔、ミイラ男みたいなやつの姿《すがた》を見ていた。そして、あの絵をかいていた。今とはぜんぜんちがう、あの悲しさに満ちた絵をかいていたのだから……。

あいつはなんだったのだろう。その人にとってミイラ男って……。

「うん……。」先生はうなずいた。「えっと……そのこともかいてあったよ……。」先生はふるえる手で用紙を何枚かめくっている。

「じつはね……こっちから送った手紙にね、そのことをかいてたんだよ。図工準備室に……あの絵のことを知りたいって子がきたんだよって……。」先生はちらりとぼくを見ると、こう続けた。

「どうやら……その子も、あのころのきみと同じように……不思議な人物の姿が見えているらしいんだってね。その子は、その人物のことを……ミイラ男って呼んでいるんだよって……。」

ちゃんとぼくのことを伝えてくれていた。

自分はなにもしてやれなかったと先生はいっていた。でもそうじゃない。先生は不自由な体で、きっと一生懸命《いっしょうけんめい》にぼくのことを伝えてくれたのだろう。

先生は一枚の用紙を引《ひ》っ張《ぱ》りだした。そして、「ここに……そのことがかいてあるよ。

読んでみるから、聞いててよ。」と少しせきこんだ。

先生はあの少し間のびした口調で、かいてあることを読み上げていった。ぼくはその声にじっと耳をすましました。


そうなんですか。

あのときのぼくと同じような子がいるんですね。そういうこともあるんですね。

ぼくもあいつが……そう、その子はミイラ男って呼んでいるんですね。確《たし》かにぴったりの名前かもしれません。じゃあぼくもそう呼ぶことにします。

ミイラ男がいったい何者なのか、どこからやってきたのか、ぼくが生みだした妄想《もうそう》だったのか……そんなことは、今ふり返ってみてもよくわかりません。

あのころ、いつも見えていたのに、いつからか急に見えなくなりました。姿を消してしまいました。

だから、先生に昔送った絵は、そのころのことを思いだしてかいたものです。

あいつは、いつだってこわい顔でこっちを見ていました。どうしようもないぼくが顔をあげると、あいつは必ずそこにいました。くやしくてたまらないときにも、悲しくてたまらないときにも、ミイラ男はそこにいてくれました。

もしかしたら、あいつはぼくのことを見守ってくれていたのかもしれません。

そうじゃなければ、あのときのぼくはいつだってぼろぼろだったので、きっとあっというまにばらばらにこわれてしまっていたでしょう。

そうなんですよね。だからあいつは、あのミイラ男は、あのころのぼくにとって光のような存在だったのかもしれません。すごく変ですけど、この年になってぼくはそう思えるようになりました。

庄司先生、同じようにミイラ男を見ているその子に伝えてください。


もしかしたらきみは、ぼくみたいにつらくてしんどくて、いやになるような世界のなかで生きているのかもしれないね。

でもだいじょうぶ。きみは決してひとりじゃないから。ぼくがそうだったように。

これからいろんな出来事があって、きみはもっともっと傷《きず》ついて、ひどい目にあうかもしれない。けれど、それでもきみはだいじょうぶだから。

だってね、きみの未来をあのミイラ男がどこかで見てくれているはずだから。あいつはね、もう姿は見えなくなっているかもしれないけど、いつだってそばにいるんだよ。

ぼくはそうずっと感じていたし、今もそう確信《かくしん》しているんだ。


読み終えた先生は、小さくせきこんだ。

ぼくは受け取った絵の写真をもう一度見た。母親と手をつないでいる女の子は幸せそうだった。ああ、ぼくもこんなふうになれるかもしれないと思った。なっていいんだと思った。

手にしていた紙の上に、なにかがぽとりと落ちた。えっと顔をあげたとき、ぼくは気がついた。それはぼくが流している涙《なみだ》だった。ぼくはぽろぽろと涙を流していた。顔じゅうぐしゃぐしゃにして泣いていた。

泣き声をあげた。おさえようとしてもだめだった。今までずっとがまんしていたのに、ぼくは泣きだしていた。

先生はなにもいわなかった。ただぼくをじっと見ていてくれた。

21

それからしばらくしてぼくは退院《たいいん》した。

ちょうどその日は、終業式の日だったけど、けっきょくぼくは学校にはいかなかった。今、学校にいくと興味《きょうみ》しんしんのクラスの子たちはよってたかって、いろんなことを聞いてくるだろう。だってあの日ぼくは教材室でたおれて、そのまま救急車《きゅうきゅうしゃ》で運ばれたのだから……。なかには、ひどいことをいう子もいるかもしれないし、変なうわさが流れているかもしれなかった。

学校の先生と相談所の職員《しょくいん》さんたちが話し合って、ぼくはしばらくのあいだ、学校とは距離《きょり》をとって過《す》ごすことになった。

退院してからのぼくは、一時保護所《いちじほごしょ》に入ることになっていた。けれど、退院の何日か前になって、おばさんの家でおばさんたちとしばらくいっしょに暮《く》らすことが決まった。

くわしいことはよくわからないけど、職員さんがいうには、おばさんとおじさんが自分たちにまかせてほしいと熱心にうったえてくれたらしい。それからいろんな話し合いがあって、いくつかの約束をまもるという条件《じょうけん》で、ぼくは、おばさんの家で冬休みを過ごすことになった。

母さんは、退院するずっと前から病室には姿《すがた》を見せなくなった。それに、おばさんの家にやってくることもなかったし、ぼくに電話がかかってくることもなかった。

おばさんはなにもいわなかったけど、母さんとぼくが顔を合わせないこととか、連絡《れんらく》をしあわないこととか、そんなことが、おばさんの家で暮らす条件だったのかもしれない。

「姉さんもやっと、生活を立て直さなくちゃと思い始めたみたいなの。」しばらくして、おばさんはほっとした様子で母さんのことを話してくれた。「これからどのくらい時間がかかるかわからないけど、姉さんは姉さんなりにがんばるっていってたわよ。そうして必ずアキトをむかえにいくからって。」

そうなんだ……。ああ、そうなればいいなあと思った。そして、そうならなかったとしても、母さんが今がんばろうとしてくれていることが、ぼくにはうれしかった。

ぼくは、つかれ果て苦しそうにしている母さんの姿は見たくなかった。母さんにはいつも笑っていてほしかった。

母さんと会えないのはやっぱりさびしいことだった。だってぼくは母さんとずっといっしょだったから。

でも、今のぼくは、そのくらいのさびしさはもうがまんできる。それがぼくだけじゃなくて、母さんのためにもなることがよくわかっていたから。

それに……。それに、さびしくなったときとかつらくなったときにぼくは、庄司先生が見せてくれたあの母親と女の子の絵を思いだす。

そしたら、自分でも不思議だったけどちょっとだけ力がわいてくる。あたたかいものが心のなかに広がっていくような気がした。

終業式の前日、病院にやってきた小川先生が、

「これくらいは、やっておかないとね。」と封筒《ふうとう》に入った宿題プリントをぼくに手渡《てわた》した。なかを見たら、通級の立花先生の用意したプリントも入っていて、思わず頭をかいてしまった。

でも、ぼくにしてはめずらしく、おばさんの家にいってからずっとプリントに取り組んでいた。

先生たちは、簡単《かんたん》な問題ばかりを集めてくれていたけど、それでもわからないところだらけだった。ただぼくは、前みたいに、すぐに投げだすことはしなかった。

おばさんもおじさんも時間を見つけて教えてくれたし、定期的に電話してきてくれる小川先生も電話口で、いろんなアドバイスをしてくれた。それに先生は「まちがってもいいんだって。そんなのあとからなんとでもなるから。」と笑いながらいってくれた。

冬休みが終わってもぼくはおばさんの家にいた。

「こっちの学校に転校しようか？　その方がアキちゃんのためになると思うから。」おばさんは決心したようにいった。

おばさんの家には相談所の職員さんがなんども電話してくれていた。そのときにいろんなことを話し合ったのかもしれない。

ぼくは「うん。いいよ。」とうなずいた。母さんがうまくいっていないことは、うすうす感じていた。きっとまだ時間がかかるのだろう。

「もしかしたら、姉さん、こっちの方にもどってくるかもしれないの。」おばさんははげますようにぼくを見た。

「この前ね、ほら、おばあちゃんのところに、姉さんがきゅうに顔をだしたんだって……。」自分のことのようにおばさんは喜《よろこ》んでいた。「まだ、ぎくしゃくしてるけど、それからもなんどかお見舞《みま》いにきているんだって。仲直りできるかどうかわからないけど、おばあちゃんね、姉さんはこっちで仕事さがした方がいいかもって、電話でいってたの……。」

おばあちゃんが、「アキちゃん。」と声をかけてくれたことを思いだした。ああ、そうなって、ふたりが仲良くなってくれればいいなあと思った。

ぼくは二月からこっちの学校に転校することになった。そして当然、中学もこっちの学校に通うことに決まった。

今まで住んでいたあの町にもどることはもうなくなった。でも、それはそれで仕方ないことだと思った。たぶんいつからか、自分なりに覚悟《かくご》していたのだろう。

一月の終わり。ぼくはずっと休んでいた小学校にでかけた。

もういいやと思っていたけど、

「転校するんだから、最後くらいは先生やみんなに会わなきゃ。きっと後悔《こうかい》しちゃうよ。」

そうおばさんが主張《しゅちょう》し、相談所の職員さんや学校の先生たちとも話し合ってくれた。

金曜日、ぼくはおばさんの車で小学校へと向かった。

坂の上の校門をぬけると、そこには小川先生といっしょに六年二組のクラスメートたち数人がいた。

正直ぼくはびっくりした。まさか、ぼくがくるのをこうやって待ってくれているとは思いもしなかった。

小川先生の横には工藤さんがいて、車から降《お》り立《た》ったぼくに手をふっている。考えてみたら、彼女《かのじょ》とはずいぶん長いあいだ会っていなかった。

「待ってたのよ。」彼女はぼくのそばにすぐにかけよってきた。「元気そうね。なんだか太ったんじゃない？」

どう答えたらいいのか迷《まよ》っていると、

「さっさといこうぜ。はやくしなきゃ、終わんないよ。」何人かの男子たちがあせったようにいった。そのなかにはあの連中もいて、「おまえの下絵なんだから。ちゃんと仕上げてくれよな。」と口をとがらせている。

いったいなんのことだろう……。そう思っていたけど、みんなに続いて運動場へと移動《いどう》したぼくは、そのことがやっとわかった。

運動場のおくにはコンクリートのかべがあって、そこには残りのクラスの子たちが待ちかまえていた。

「三橋さんがくるって聞いて、みんなで決めたんだよ。じゃあ、その日に仕上げようって。」小川先生がぼくの肩《かた》をぽんとたたき、「ほら。」と指さした。

たぶん雨風でよごれていたかべ一面に、下《した》ぬり用の白いペンキをぬったのだと思う。そこだけ明るくかがやいていた。

そしてそれだけじゃなかった。そこには黒い線で輪郭《りんかく》だけの絵がかかれていた。

ああ、そうなんだ。まちがいなかった。それは、あの日、教室の黒板にチョークでかいたぼくの下絵だった。

「小川先生が写真にとっててくれたでしょ?」工藤さんがいった。「それでね、それを見ながら、ほらあの子がかいてくれたの。」彼女の視線《しせん》の先にはあいつがいた。

連中のなかでも、ぼくのことを一番目のかたきにしていたあいつが、黒いペンキの入った缶《かん》とハケを持ってそこに立っていた。

そでをまくりあげたあいつのうで、そしてほおのところやあごのところには、とびちった黒いペンキがついている。額《ひたい》には汗《あせ》がうかんでいたし、息を切らしていた。

あいつは本気になって下絵をかいてくれていた。あのとき黒板にかいた絵と同じになるように、すごくがんばってくれていた。

「あ、ありがとう……。」もっと大きな声でいえばいいのに、ぼくはかすれた小さい声しかだせなかった。

「下絵はかいてやったからな。色をぬるのはおまえが責任《せきにん》もてよな。」あいつはいつものように不きげんそうにいった。「だってよ、あのときのおまえの絵は白チョークだったんだぞ。どんな色でぬればいいのかは、おまえしかわからないんだよ。」荒々《あらあら》しい口調だったけど、あいつはどことなく照れくさそうだった。

かべの前には、いろんな色のペンキが並《なら》んでいた。

「とにかく、三橋さんが色をつけていってよ。そしたら、その色に合わせて、みんなで協力してぬっていくから。」工藤さんもうでまくりをしている。ふり返ると、クラスメートたちはそれぞれにハケを持って、こっちを見ている。

「いいよ。わかった。」

ぼくはもう迷わなかった。だって、そんなことに使う時間はなかったし、みんなはぼくがかくものだと信じてくれている。

息を吸《す》うと、大きめのハケを手にし、ペンキの缶を持ちあげた。

あいつが真剣《しんけん》に下絵をかいてくれたのがよくわかった。もうその黒い輪郭線を見ているだけで、そこにかかなくちゃいけない鮮《あざ》やかなたくさんの色がうかんだ。

ぼくはその輪郭のなかにどんどん色をぬっていった。そしたら、みんなもぼくのあとを追いかけるみたいに、その色を広げ、重ね、その子なりの工夫《くふう》をしながら、えがいてくれた。

水色の窓《まど》からさしこむ光は黄色くて白くて、ちょっと桃色《ももいろ》の線も混《ま》じっている。

その光は、まんなかにかかれている女の人の顔へと届《とど》き、そしてうすい緑色のかげをつくっている。

ゆったりとしたその人のドレスの色はむらさきと茶を混ぜてつくった。ところどころ濃《こ》い緑色をつけたりだいだい色を重ねたりもした。見るとあいつは、白と黄色を混ぜながらドレスのそでやすそのところに模様《もよう》をかいていた。ほかの連中たちも夢中《むちゅう》になってかいている。

「この子の顔は難《むずか》しいって、おまえが全部かいてくれよな。」指さしながらあいつがいった。

女の人が胸《むね》にだいている小さな子。うっすらと目を閉《と》じてねむっている。楽しい夢《ゆめ》でも見ているのか、その口元には幸せそうな笑《え》みがうかんでいる。

「うん。ぼくがかく。」

うなずくと、みんなは手をとめてぼくの方を見ている。

ぼくはかいた。だってぼくはその子の笑顔が大好きだったから。ハケで色をのせ、それから持ちかえた筆でなでるようにして色をのばした。だいだい色や白色やそれにうす桃色も重ねていった。

列車のなかで母さんが見せてくれた写真を思いだした。そこに写っていた大昔のぼくの口元にもこんな笑みがうかんでいたのだろうか。

「うわ……。」工藤さんの声が聞こえた。「いいなあ、すごく……。」

ぼくは息をはきだしながら、ふり返った。かいたばかりの絵をみんなはじっと見ている。

そこにミイラ男が立っていた。

ミイラ男は、ふらふらとかべの方に近づいてきた。そして、みんなのわきをぬけるようにして、ぼくたちの卒業制作《せいさく》の壁画《へきが》にたどりついた。

ミイラ男は細い手をかべに向かってのばした。そのとき、あいつは首をかたむけ、ぼくを見た。口元が少し動いている。きっとなにかを伝えようとしているのだろう。

さよなら……。

ぼくは声にならない声でつぶやいた。次の瞬間《しゅんかん》、まるでふきぬける風みたいにミイラ男の姿はかべのなかに消えていった。

みんなの歓声《かんせい》があがった。もう少しで、ぼくたちの絵はできあがろうとしている。

あともう少しだけ、みんなといっしょにえがきたかった。ぼくはその子のかわいらしいほおを、うすい光の色でそっとなぞった。

福田隆浩（ふくだたかひろ）

長崎県の特別支援学校に30年以上勤務。『この素晴らしき世界に生まれて』（小峰書店）で、日本児童文学者協会長編児童文学新人賞受賞。『熱風』（講談社）で、講談社児童文学新人賞佳作受賞。『ひみつ』（講談社）が野間児童文芸賞最終候補作に、『ふたり』（講談社）が青少年読書感想文全国コンクール課題図書に、『幽霊魚』（講談社）が読書感想画中央コンクール指定図書に、『香菜とななつの秘密』（講談社）が厚生労働省社会保障審議会推薦児童福祉文化財に選ばれる。『たぶんみんなは知らないこと』（講談社）で野間児童文芸賞を受賞。その他、「おなべの妖精一家」シリーズ、『手紙　—ふたりの奇跡—』（以上、講談社）など。

さよならミイラ男《おとこ》

2024年２月27日　第１刷発行

著者――――――――福《ふく》田《だ》隆浩《たかひろ》
画―――――――――たけもとあかる
装丁――――――――長﨑綾(next door design)
発行者―――――――森田浩章
発行所―――――――株式会社講談社
〒112-8001
東京都文京区音羽2-12-21
電話　編集　03-5395-3535
販売　03-5395-3625
業務　03-5395-3615
印刷所―――――――株式会社新藤慶昌堂
製本所―――――――株式会社若林製本工場
本文データ制作―――講談社デジタル製作

N.D.C. 913 188p 20cm ISBN978-4-06-533778-3

本書は書き下ろしです。

福田隆浩の本

ふたり

ひみつ

手紙

香菜とななつの秘密

野間児童文芸賞受賞!

たぶんみんなは知らないこと

重度の知的障害のある小学5年の女の子、すずと、お兄ちゃん、同級生、先生たちの優しい物語。